George Orwell

喬治·歐威爾（1903-1950）

喬治·歐威爾，本名艾瑞克·亞瑟·布雷爾。一九〇三年生於殖民時代的印度。在英格蘭就讀寄宿學校，那時便察覺到毒害英國社會的商人階級歧視，漸漸發展出對權力使用與誤用的敏感。一九二一年歐威爾從伊頓公學畢業並加入緬印皇家警察，他後來評論道：「要痛恨帝國主義，就得先成為其中一員。」在緬甸的歲月對他影響深遠。五年後他辭職，宣布要成為作家。

歐威爾當時身無分文、以洗碗工為生。出版《巴黎倫敦流浪記》（1933）、《緬甸時光》（1934）、《讓葉蘭飛舞》（1936）後，西班牙內戰爆發，他與新婚妻子加入反法西斯的民兵團。之後陸續創作《往威根碼頭之路》（1936）、《向加泰隆尼亞致敬》（1938）、《鯨腹之中》（1940）等。之後五年，他任職於英國廣播公司（BBC）和論壇報（*Tribune*）等媒體，辭職後以精彩的諷刺作品《動物農莊》（1945）一炮而紅，並完成他的代表作——經典反烏托邦小說《一九八四》（1949）。

一九四五年喪妻後再婚。歐威爾感一九五〇年去世，死於肺結核，享年四十六歲。

譯者｜

張家綺

畢業於中興大學外國語文學系，英國新堡大學筆譯研究所，現任專職譯者。譯作包括《人生太重要，重要到不該嚴肅論之：王爾德妙語錄》、《草葉集：惠特曼詩選》、《讀報人》、《裝幀師》等。

George Orwell

Animal Farm

動物農莊

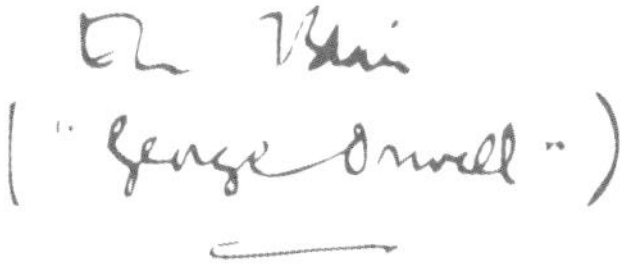

喬治·歐威爾 著

張家綺 譯

編者序

英國文豪喬治．歐威爾的作品敘事清晰、一針見血，揭示人人避而不談的真相，抨擊當時的政治環境。直至今日，讀者對歐威爾作品的喜愛不減反升，只因他的作品中總能看到一些影影綽綽的呼應，反映了現今依然混沌的國際情勢。喬治．歐威爾出生於戰爭頻繁的年代，在英屬緬甸擔任警察的期間，他見證了戰爭的殘酷，也看到了受到迫害的人們，因此渴望實現公義社會。從第一線退下來後，他提筆創作，寫下自己的政治理念和想說的話。

但在一九四〇年代初期，第二次世界大戰尚未結束，英國和蘇聯仍是盟友，在媒體的影響下，英國人民盲目崇拜蘇聯，並對史達林的極權主義視若無睹。為了順應潮流，批判蘇聯的作品常常受到許多不平等的待遇。當然，喬治．歐威爾的作品絕對違反了當時的主流意見，他最有名的諷刺寓言小說《動物農莊》正是其一。但即使面臨外界施壓，他仍選擇維持自己的理念，堅定自己的政治傾向，只為寫出「直面現實的好文章」。

從作者序〈新聞自由〉中，我們看到《動物農莊》經歷了多次波折，不但被出版社拒絕出版、遭遇資訊部的杯葛，以及部分文字篇幅被閹割。半世紀以後，這篇初版時被迫刪除的序才和正文一起收錄在書中出版。

在這篇文章中，歐威爾談到英國為了迎合蘇聯，拒絕不利蘇聯的投稿作品。以《動物農莊》為例，出版社曾要他改掉本書中最重要的設定「豬」，雖然豬的比喻完美刻劃歐威爾風格的惡趣味，帶來滿滿的諷刺效果，但也許是因為他如此誠實地說出本該隱藏在檯面下的真實狀況，出版社和資訊部害怕激怒蘇聯，因此聯手進行杯葛。但是歐威爾勇於站上風口浪尖，力抗主流意見。他相信，如果自由真的有意義，那就是「說出他人不想聽的話」的權利。

若要了解歐威爾為何「明知山有虎，偏向虎山行」，勢必要剖析他的創作動機。市面上《動物農莊》版本眾多，本書首度收錄歐威爾的散文〈我為何寫作〉，這篇半自述文章解釋他的成長背景、創作時的心路歷程，以及他身為作家的自我期許和使命。歐威爾相信：「只要欠缺政治性目的，我的創作就了無生氣。」對他而言「文學即政治」，這是他最大的創作動機。他以自己的作品《向加泰隆尼亞致敬》為例，「與戰爭有關的所有宣傳、叫罵、謊言和仇恨，都來自不上戰場的人。」如此犀利的評論，完完全全呈現他的信念。歐威爾明白，作者如果愈清楚自己的政治傾向，愈可能在不犧牲美學及知識品格的前提下，表達個人的政治立場，實現「政治文學變成藝術」的願景。同時，歐威爾也在文中提到《動物農莊》的意義：這是他「第一本嘗試結合政治與藝術的文學作品」。

從〈新聞自由〉和〈我為何寫作〉中，歐威爾傳達他對政治的敏感，以及對作品「言之有物、針砭時事」的自我要求。《動物農莊》不只是犀利的寓言，同時具有「新聞文學」、「報導文學」獨有的真實，剖析政治、文化與真實的社會環境，喚起群眾的社會關懷。

目錄

Animal Farm

動物農莊

第一章

睡前，曼諾農莊的主人瓊斯先生關好雞舍的門，他實在醉得不省人事，因此忘了關上讓雞進出的小門。瓊斯先生提著搖曳的燈火，東倒西歪地穿過院子，在後門踢掉靴子，走進廚房，從酒桶中倒了最後一杯啤酒，才上樓進入臥房，那時瓊斯太太早已呼呼大睡。

臥房燈光一滅，農莊便騷動四起。曾獲頒白豬獎的老少校想與動物們分享前晚作的怪夢，這個消息已經傳遍農莊，大夥兒約好，等到瓊斯先生離開視線範圍，就到大穀倉會合。老少校（大家都這麼稱呼他，但他的正式名號其實是威靈頓美豚）在農莊德高望重，為了聽他演說，動物們都心甘情願地出席，不惜犧牲一小時的睡眠時間。

大穀倉一端有個隆起的平台，上方的橫梁懸掛著一盞燈。老少校早已把自己安頓好，窩在平台的稻草堆上。他已經十二歲，近來胖了不少，卻絲毫不損他威風凜凜的儀態；他從未修過獠牙，渾身卻依舊散發出仁者的智慧光芒。不消多久，動物們陸續抵達，各自按照自己舒服的方式就坐。首先抵達的是三隻狗，他們是藍鈴、潔西，和品切爾。接著來了三隻豬，他們坐在平台前的稻草上。母雞棲息在窗櫺上，鴿子飛到房椽上，綿羊和母牛躺在豬群後方，反芻著食物。兩匹挽馬同時進門，是拳擊手和克羅芙，他們行進緩慢，小心翼翼踏出毛茸茸的馬蹄，免得踩傷其他躲在稻草裡的小動物。克羅芙是豐腴的中年母馬，散發著母性光輝，生完四隻小馬後，她便再也恢復不了體態。拳擊手體格魁梧，身高將近一八二公分，力氣抵得上兩匹普通馬。他鼻子上有一道白色條紋，讓他看起來有些傻氣。確實，拳擊手的智商不算高，但他性格穩重、力大無窮，動物們對他非常敬重。

緊接在後的是白山羊莫里爾及驢子班傑明。班傑明是農莊裡最年長、也最暴躁的動物，他惜字如金，一開口就充滿譏諷。他曾經說過，如果上帝給他尾巴是為了揮掉蒼蠅，他寧可不要有尾巴，蒼蠅也別來糾纏。他是農莊裡唯一不笑的動物，要是問他為何不笑，他會回答沒什麼好笑的事情。即使從未公開承認，但他和拳擊手的友誼深厚，週日也經常在果園後方的小牧場消磨時光，或是一言不發地並肩吃草。

兩匹馬一躺好，一群剛喪母的小鴨列隊走進來。他們無力地啾啾叫，搖搖晃晃尋覓不會被踩到的位置。克羅芙用前蹄圍起一堵牆來保護他們，小鴨安穩地待在那裡，下一刻便沉沉睡去。為瓊斯先生拉馬車的白色母馬叫做茉莉，她長得很漂亮，但腦袋空空。姍姍來遲的她嚼著糖，矯揉造作地走進穀倉，找了個靠前的位置。茉莉搔首弄姿，甩動白色的鬃毛，刻意要讓動物們注意綁在鬃毛上的紅色緞帶。最後進門的是貓，她一向最晚到。貓環顧四周，尋找最溫暖的位置，最後擠進拳擊手和克羅芙中間。她把少校的演說當作耳邊風，兀自發出心滿意足的呼嚕聲。

動物們全體集合完畢，只有瓊斯先生飼養的渡鴉摩西還在後門棲木上睡覺。大家坐得安穩舒服，屏氣凝神地等著聽少校分享。少校清了清嗓子，開口說道：

「同志們，想必你們已經聽說我昨晚作了一場怪夢，我等一下會公布這場夢的內容。不過我得先告訴你們一件事，我恐怕活不過這幾個月了，同志們。在死之前，我有義務向諸位傳授我的畢生所學。我度過了漫長的一生，也有很多獨自沉思的時間，我想，我跟所有動物一樣，領悟了世上眾生的本質，這就是我想告訴你們的事。

「各位同志，請問動物生命的本質是什麼？面對現實吧，我們的一生庸庸碌碌，悲慘又短暫。從出生開始，我們只能獲得勉強維持生命的食物。身強體壯的動物被迫勞動，直到耗盡所有精力。一旦動物們沒有用處了，就會被殘忍地屠殺。英格蘭的動物過了一歲之後，再也嘗不到幸福和休息的滋味。英格蘭的動物都不是自由的。動物被人類不斷奴役，一生悲慘，這是不爭的事實。

「難道這就是大自然定律嗎？因為土地貧瘠，生活在這片土地的我們因此無法過上美好生活？事實不是這樣的，各位同志，絕對不是！英格蘭土壤肥沃、氣候優良，且食物豐足，餵飽這片土地上的動物完全綽綽有餘。光是我們的農莊就能養活十二匹馬、二十頭乳牛，和幾百隻綿羊。不只如此，我們還能過上更有尊嚴、超乎想像的舒適生活。既然如此，我們為何要繼續現在的悲慘生活？我們現在面臨一個問題：我們辛苦勞動的成果幾乎都被人類偷走了，同志們！這問題的癥結點只有兩個字：人類。人類是我們唯一的敵人，只要把人類踢出農莊，飢餓、過勞等等問題就能迎刃而解。

「人類是唯一不事生產、只會消耗的動物。他們不產牛乳、不下蛋，體力虛弱得無法犁田，奔跑速度也太慢，無法獵捕兔子。但人類卻成為動物的主人，不只命令動物勞役，還只給動物勉強充飢的食物，剩下的食物全都中飽私囊。動物用勞力耕作田地，用糞肥滋潤土壤，卻過得一貧如洗。請問乳牛們，去年你們產出幾公升的牛乳？牛乳本該用來餵養小牛，但這些牛乳最後都去哪了？還不是進了人類的肚子。請問在座的母雞，你們去年總共產下多少顆蛋？最後有多少雞蛋孵化成了小雞？剩下的雞蛋都被運到市場販售，賺的錢全進了瓊斯先生和他手下的口袋裡。還有克羅芙，你生的那四匹小馬呢？這些孩子本應在你年老時供養你，讓你享盡天倫之樂，但現在他們在哪兒？每匹小馬被賣掉的時候還未滿一歲，自那時起，你便再也見不到他們了。你經歷了四次分娩，一輩子任勞任怨地工作，但是除了少得可憐的配糧和馬廄，你還得到了什麼？

「生命已經如此悲慘，但我們居然還不能自然地生老病死。對此，我沒有怨言，我已經很幸運了，活了十二年，擁有四百多個子女。理論上這是一頭豬自然的生命循環，可是動物終究逃不過殘酷的屠刀。坐在我面前的年輕肉豬啊，不到一年的時間，你們就會在斷頭台上聲嘶力竭地哀叫。我們終究躲不掉恐怖的死亡浩劫，無論是乳牛、豬隻、母雞和綿羊，所有動物無一倖免。即使是馬和狗，你們命運也沒好到哪去。拳擊手，聽好了，等你筋疲力竭，瓊斯就會把你賣給收買老馬的人，他們會割斷你的喉嚨，把你的肉煮成獵犬的晚餐。只要狗老了，瓊斯就會把磚頭綁在你們的脖子，丟進附近的水池淹死。

「同志們，你們還看不透嗎？我們一生不幸的原因就是人類暴政。唯有擺脫人類，辛苦耕耘的成果才真正屬於我們。我們可以一夜致富，過著自由自在的生活。但我們該怎麼做呢？我們應該臥薪嘗膽，夜以繼日地埋頭苦幹，不計代價去推翻人類！同志們，以下就是我要獻給你們的一段話：抗爭吧！我不曉得這天何時降臨，也許是一週後，也許是一百年後，但我能看到抗爭後的未來，正如我能清楚看見腳下的稻草。正義遲早會獲得伸張。各位同志，雖然生命短暫，但等著瞧吧！最重要的是你們一定要把這段話轉述給後代，讓未來世代繼續抗戰，直到勝利降臨的那一刻。

「同志們切記，你們的決心與毅力絕不可動搖。無論聽見什麼話，都不要迷失方向，也不要輕易聽信人類的鬼話。什麼人類和動物的共同利益、共享富庶，這些全是謊言。人類只在乎自身的利益，從來不管其他動物的死活。動物們應該聯手，成為並肩抗爭的同志。人類都是敵人，動物都是同志。」

老少校的話音剛落，動物們歡聲雷動。在他說話時，四隻大老鼠偷偷溜出洞，他們用後腿撐起身體端坐，洗耳恭聽。狗一眼就注意到他們，老鼠們迅速地鑽回洞裡，幸運保住小命。見狀，少校舉起豬蹄，制止動物的騷亂。

「各位同志，」他說：「有件事得先說清楚。老鼠、兔子等野生動物究竟是敵是友？我們來表決吧，請容我提出這道議題：老鼠是同志嗎？」

表決即刻進行。絕大多數的動物都贊成老鼠是同志，只有四個異議者，分別是三隻狗和事後被發現兩方都投的貓。公布結果後，少校繼續說下去：

「我還有幾句話要說。我在此重複一遍，希望在座諸位記住，人類和他們的手段是敵人。兩條腿的都是敵人，擁有四條腿或翅膀的是朋友。切莫忘記，對抗人類時，我們絕不能變成他們。即便已經擊敗人類，也萬萬不能染上他們的惡習。人類的所有習慣都是罪惡，因此動物不能住在房子裡、睡在床上、穿衣、飲酒、抽菸、碰錢，也禁止任何貿易行為。動物不可奴役同類，無論強壯或虛弱，無論聰明或腦頭簡單，所有動物都是兄弟。動物不可自相殘殺。所有動物皆為平等。

「同志們，現在我要分享昨晚作的夢。夢境實在難以描述，好像是人類消失後會實現的世間美夢，但我倒是因此想起遺忘多時的往事。多年前，我還是一頭小豬，那時我母親和其他母豬會哼唱一首老歌，但她們只記得這首歌的旋律和前三個字。我自襁褓之時就熟記這首歌的曲調，但已經許久不曾想起這首歌。但就在昨晚，這首歌又出現在我的夢裡，連歌詞也湧上心頭。我敢保證，這就是久遠時代動物傳唱的那首歌，但好幾個世代的動物都不記得了。我現在要為你們唱出這首歌，同志們。我年事已高，嗓音粗啞，可是我教完這首歌之後，希望你們能將它發揚光大。這首歌叫《英格蘭之獸》。」

老少校清了嗓子，引吭高歌。正如他所言，他的歌聲嘶啞，卻十分動聽。歌曲曲調激昂，有點像〈我親愛的克萊門汀*〉和〈蟑螂之歌**〉。歌詞如下：

英格蘭之獸，愛爾蘭之獸，
世界各地之獸，
請聽我娓娓道出
未來的佳音。

這一天終會降臨，
人類暴君遭到推翻，
富饒肥沃的英格蘭田野上，
只有野獸行走。

鼻環將消失，
挽具不復存。
馬銜、馬刺生鏽，
殘忍的馬鞭不再甩動。

---

*〈我親愛的克萊門汀〉（Oh My Darling, Clementine）是美國民謠，創作於十九世紀末，歌詞的情境設定於美國西部加利福尼亞州，正值淘金熱時期的一個故事。

**〈蟑螂之歌〉（La Cucaracha）源自西班牙的傳統民謠，於墨西哥革命時期在墨西哥大為流行。逗趣歌詞搭配輕鬆活潑的曲調，展現中南美洲的熱情。

豐富作物多得難以想像，
大麥與小麥，燕麥和乾草，
苜蓿、豆類、甜菜
到時將全屬於我們。

光明會照亮英格蘭的田野，
河水更加純淨，
微風更加清甜，
就在獲得自由的那天。

我們要為那天奮鬥，
即使撐不到那天降臨，
乳牛、馬、鵝與火雞，
都必須為了自由而戰。

英格蘭之獸，愛爾蘭之獸，
世界各地之獸，
請好好傾聽，傳播
未來的佳音。

所有動物都陷入慷慨激昂的情緒，少校還沒唱完，大家都跟著唱了起來。不太聰明的動物背好了曲調和幾句歌詞，至於聰明的豬和狗，他們在幾分鐘之內便背下整首歌。經過幾次練習，動物們激昂地合唱《英格蘭之獸》。乳牛哞哞，小狗汪汪，綿羊咩咩，馬兒嘶嘶，鴨子呱呱，他們興高采烈，連續唱了五遍。要是不打斷，他們恐怕會徹夜高歌。

不巧的是，這陣騷動驚醒了瓊斯先生。他跳下床去查看後院有沒有狐狸跑進來，順手拿起長年擺在臥房角落的槍，朝夜空射了一槍。子彈嵌進穀倉的牆壁，集會被迫匆匆中斷，所有動物飛也似地逃回小窩。鳥兒跳上棲木，動物安然躺回稻草，整座農莊很快便陷入夢鄉。

第二章

三天後，老少校於睡夢中安詳辭世，遺體葬在果園底端。

當時是三月初，接下來三個月內，動物醞釀了許多祕密行動。聽完少校的演講，比較聰明的動物獲得啟發。他們不知道少校預言的抗爭何時會發生，也不相信抗爭會發生在自己的有生之年，但他們覺得應該先做足準備。傳承和計畫抗爭的任務自然落在豬的肩上，畢竟他們是公認最有智慧的動物。其中最出眾的是雪球和拿破崙，這兩頭年輕種豬是瓊斯先生培育的商業用豬。拿破崙凶神惡煞、體型壯碩，也是農莊唯一一隻盤克夏豬*，他沉默寡言，是公認的不擇手段。雪球比較活潑，他很有魅力、伶牙俐嘴、創意十足，性格也不如拿破崙強烈。農莊裡其他公豬都是肉豬，最有名的是史奎勒，他是隻小胖豬，臉頰圓潤、雙眼閃亮、動作敏捷、聲音尖銳，而且能言善道。講到有爭議的論點時，他總是跳來跳去，搖尾巴的樣子看起來很有說服力。大家都說史奎勒能顛倒黑白。

這三隻豬把老少校的教條彙集成一套完整的思想，命名為動物主義。他們算準了瓊斯先生入睡的時間，在穀倉舉行一週多次的祕密集會，向其他動物宣揚動物主義的原則。起初他們收到許多愚昧、沒有同理心的反應，有些動物仍稱瓊斯先生為「主人」，還說要效忠他，甚至說出低等的話：「瓊斯先生餵養我們，要是他不在，我們就會餓死。」其他動物則問：「為什麼要擔心死後才會發生的事？」「若抗爭無論如何都會發生，即使現在不去抗爭，又不會有什麼影響。」這個觀點違背了動物主義的精神，但豬很難向他們解釋清楚。最蠢的莫過於白馬茉莉，她向雪球提出的第一個問題是「如果抗爭成功，我還會有糖吃嗎？」

「不，」雪球斬釘截鐵地告訴她：「農莊沒有製糖設備，你也不需要吃糖。但是你可以盡情地吃燕麥和乾草。」

「我還可以在鬃毛上綁緞帶嗎？」茉莉問。

*盤克夏豬是豬的品種之一，據說是英國最古老的豬種，起源於英格蘭中南部，全身為黑色，只有蹄是白色的。

「同志，」雪球說：「緞帶象徵奴役。自由比緞帶價更高，你明白嗎？」

茉莉嘴上說明白，心裡卻不服氣。

另一個大麻煩是瓊斯先生的寵物渡鴉摩西，他四處散播謠言，著實讓豬煩惱不已。摩西是間諜，除了散播謠言，他舌粲蓮花的功力也是一流。摩西宣稱動物死後都會前往一個神祕國度，那裡叫做糖果山，就位在雲朵上方。在糖果山上，每天都是星期天，苜蓿全年無休地生長，樹籬上還會長出糖塊和亞麻籽蛋糕。動物們痛恨摩西，他不工作，終日只知散播謠言。仍有少數動物相信糖果山的存在，豬努力阻斷他們的白日夢，告訴他們糖果山並不存在。

豬最忠實的信徒就是拳擊手和克羅芙這兩匹挽馬。他們不擅長獨立思考，但他們將豬奉為導師，像海綿一般吸收所有資訊，還簡單扼要地轉述給其他動物。他們從不缺席穀倉的祕密集會，集會結束時，也會帶領動物合唱《英格蘭之獸》。

抗爭發生的時間比大家預期得更早、更簡單。過去幾年來，瓊斯先生很嚴厲，但至少還算盡責，最近他卻變得頹廢。自從打輸官司，因此損失一大筆錢後，他再也提不起精神，成日只知道酗酒，連續幾天都躺在廚房的溫莎椅上讀報喝酒，偶爾餵摩西吃一些泡過啤酒的麵包屑。他的工人懶散又不老實，農田雜草叢生，屋頂年久失修，樹籬無人修剪，動物也吃不飽。

六月是收割乾草的季節。週六是仲夏夜，瓊斯先生去了趟威靈頓，他在紅獅酒吧喝得酩酊大醉，週日正午才回家。清晨工人來擠牛乳，之後就去獵野兔，所以沒人餵動物吃飯。瓊斯先生一回家就倒在會客室沙發，把《世界新聞報*》蓋在臉上呼呼大睡。動物們直到晚上都還沒進食，他們實在忍無可忍。一隻乳牛用角撞開貯物棚的門，動物們上前大吃特吃。這時瓊斯先生醒了過來，和四名工人不分青紅皂白地鞭打動物。飢腸轆轆的動物嚥不下這口氣，在沒有事先計畫下，他們集體衝向正在施暴的瓊斯先生和手下。剎那間，動物從四面八方攻擊人類。情況已經失控，人們從未看過這樣的動物，之前任由鞭打虐待的動物居然沒來由地群起暴動。人們嚇得屁滾尿流，沒多久就棄陣逃命，奔上通往大馬路的車道，動物們則意氣風發地追趕上去。

瓊斯太太從臥室窗戶目擊了整個事發過程，趕緊將個人物品塞進毛氈旅行袋，偷

*英國的全國性報紙，自一八四三年起每週日發行，曾為最暢銷的英文報紙。

偷從另一頭溜出農莊。摩西從棲木一躍而下，對著她猛拍翅膀，宏亮地嘎嘎叫。同時，動物們已經將瓊斯和他的手下趕到大馬路上，還當著他們的面甩上柵門。動物們還不及反應，抗爭便已落幕。瓊斯遭到驅逐，整個曼諾農莊都屬於他們了。

剛結束的那幾分鐘，動物簡直不敢相信自己的好運氣，他們的第一反應是繞著農莊跑了一圈，彷彿是為了確認有沒有偷偷躲起來的人類，最後他們衝回農倉，剷除在瓊斯統治之下的遺毒。他們踹開馬廄盡頭的馬具間，將馬銜、鼻環、狗牽繩和閹割刀具扔進水井。馬轡、籠頭、馬眼罩，和帶有羞辱性質的飼料袋都丟進後院的火堆。當然也不忘處置鞭子，所有動物看著鞭子在烈火裡熊熊燃燒，實在難掩興奮。雪球也把市集日上綁在鬃毛和馬尾的裝飾緞帶丟進火中。

他說：「緞帶也算是衣物，衣物是人類的象徵，所有動物都不該穿衣服。」

拳擊手一聽，連忙取來他那頂避免蒼蠅騷擾耳朵的夏季小草帽，連同其他東西一起丟進火裡。

不消多久，動物們已經摧毀了瓊斯先生的所有物品。拿破崙率領他們回到貯物棚，每隻動物都領到了兩份糧食，每隻狗得到兩塊餅乾。大家齊聲高唱《英格蘭之獸》，一共唱了七回，結束後便回去休息，在前所未有的安寧中一夜好眠。

跟往常一樣，他們在黎明時分醒來。想起昨天抗爭成功，大家一起奔向牧場遠處的圓頂小丘，如果爬上頂端，可以將農莊盡收眼底。動物們衝上小丘，在明亮燦爛的清晨環視四周，沒錯，眼前這一切現在都屬於他們了，眼前這一切都是他們的！他們陷入狂喜，四處蹦跳奔跑、興奮地騰躍、在露水中打滾、享受香甜的夏草，還踢翻黑色泥塊，用力嗅著濃郁芬芳的泥土。他們抱著讚嘆的心情環顧農莊，沉默看著耕地、乾草地、果園、水池、矮林，彷彿第一次見到這些東西。直到現在，他們仍不敢相信這一切都屬於他們了。

他們魚貫回到農莊，靜靜停在瓊斯夫婦住的農舍外。這棟農舍也是他們的了，可是他們遲遲不敢進門。一會兒後，雪球和拿破崙率先用肩膀頂開門，動物們列隊走進來，他們小心翼翼地邁步，生怕驚擾到任何事物。他們躡手躡腳地在不同房間打轉，一邊竊竊私語，一邊敬畏地看著令人難以置信的奢侈品，有羽絨床墊、鏡子、馬鬃沙發和長毛地毯，會客室壁爐架上方還有維多利亞女王的平版畫像。下樓時四處不見茉莉，他們回頭尋找，在最華麗的臥房裡找到她。茉莉從瓊斯太太的化妝台上取下一條藍色緞帶別在肩上，愚蠢地對著鏡子搔首弄姿，陶醉地看著自己。其他動物見狀，毫不留情地斥責她，之後便離開房間。掛在廚房的幾串火腿被帶出去安葬，廚房的啤酒桶被拳擊手踢破，除此之外，屋內其他物品幾乎原封不動。大家當下一致認為，農舍應該保留成博物館，而且動物不應住在裡頭。

動物們吃完早餐後，雪球和拿破崙再次召集大家。

「同志們，」雪球說：「現在是早晨六點半。我們一整天都不得閒，今天先從乾草收割開始，不過在那之前，我們得先處理一件事。」

就在這時，豬隻們向大家坦承，過去三個月他們靠著瓊斯家孩子的舊拼字本自學拼寫，但這本書已經被扔進垃圾堆裡燒了。拿破崙吩咐動物們提來黑色和白色油漆，他率眾走向面對大馬路的柵門。雪球的字寫得最漂亮，他用豬蹄夾起刷子，塗掉柵欄最上方的「曼諾農莊」，再寫上「動物農莊」，農莊自此正式更名。他們又回到農倉，雪球和拿破崙找來梯子，把梯子豎立在大穀倉盡頭的牆面。他們解釋，過去三個月來，幾隻豬埋首研究，成功將動物主義的原則濃縮成七誡。現在，他們要把七誡寫在牆面上，日後將成為神聖不可侵犯的律法，動物必須好好遵守。耗費一番工夫後

（畢竟對豬來說，在梯子上保持平衡絕非易事），雪球站在梯子上寫字，史奎勒站在低了幾階的地方，幫忙舉著油漆桶。雪球在牆上寫下七誡，白色的字體斗大，三十公尺以外也能看得一清二楚。內容如下：

《七誡》

以兩條腿行走的皆是敵人。
以四條腿行走或用翅膀飛行的皆是朋友。
動物不應該穿衣服。
動物不應該睡在床鋪上。
動物不應該飲酒。
動物不應該自相殘殺。
所有動物生而平等。

七誡的字跡整齊漂亮，除了把「朋友」寫成「明友」、一個字的筆畫寫錯，其他完全正確。雪球為眾人大聲朗讀七誡，動物們贊同地點頭，幾隻聰明的動物已經開始默背七誡了。

「好了，同志們，」雪球扔下油漆刷，大聲嚷道：「現在馬上前往乾草地，收割乾草！這攸關我們的名譽，因此收割的效率要超越瓊斯和工人。」

就在這時，三頭乳牛響亮地哞哞叫。她們很不舒服，因為已經二十四個鐘頭沒有擠奶了，乳房滿到快要爆裂。豬隻的豬蹄勉強能幫忙擠奶，他們思考一番後，要動物們找水桶來裝牛奶。沒過多久，他們就擠出五桶浮著泡沫的濃郁牛奶，不少動物興致盎然地打量著牛奶。

「這些牛奶要怎麼處置呢？」有人發問。

「瓊斯有時會將牛奶摻入我們的飼料。」其中一隻母雞說。

「同志們，先別管牛奶了！」拿破崙擋在水桶前，扯著嗓門說：「牛奶之後再說，當務之急是收割乾草。雪球同志會帶諸位過去，我過幾分鐘後跟上。去吧，同志們！乾草還等著收割呢。」

動物們列隊前往乾草地，開始工作。但晚上他們回來時，牛奶卻消失不見了。

第三章

他們揮汗如雨，辛苦地收割乾草！還好他們的努力有所回報，獲得了預期之外的大豐收。

工作有時很辛苦。農具都是為人類量身設計，但動物無法靠兩條後腿站立，因此無法使用這些工具。幸好豬相當聰明，每每遭遇困境都能想出解決方法。而馬對農田瞭若指掌，比瓊斯和工人更擅長收割乾草、犁地。知識淵博的豬自然成為動物們的領袖，他們不會親自工作，只負責和指導監督其他動物。拳擊手和克羅芙會自行戴上割草機和馬拉耙（當然他們不必戴上馬銜或韁繩了），穩定地繞著農田走。一頭豬跟在後頭指揮，視情況嚷出「前進，同志！」或「後退，同志！」動物們翻動並整理乾草，恪守本分地好好工作，就連鴨子和母雞也很勤奮，在大太陽底下用喙嘴運送乾草。最後，他們比瓊斯和工人早兩天就完成收割，而且還是前所未見的豐收，因為他們一點都沒有浪費。母雞和鴨子睜大眼睛，一根草都不放過，動物們也不敢偷吃。

那年夏天，農莊的工作進行地相當順遂。動物們沉浸於前所未有的喜悅中，由於食物完全歸他們所有，不必由吝嗇的主人來分配，因此能自給自足，每一口食物都讓他們心滿意足。既然毫無用武之地的人類不在了，每隻動物就能多吃一點，日子也變得悠哉愜意。不過話說回來，動物們還是經驗不足。工作時，他們遭遇各式各樣的難題，例如秋季收成時，因為農莊沒有脫穀機，他們得遵循古法，踩踏穀物、吹掉粗糠。但多虧了足智多謀的豬，還有孔武有力的拳擊手，工作仍然順利完成。大家一向崇拜拳擊手，瓊斯還在的時候，他總是賣力工作，現在更是拚命，工作能力堪比三匹普通的馬。農莊裡所有工作似乎都要仰賴強壯的拳擊手，從早到晚，他到處幫忙大家完成艱鉅的工作。此外，拳擊手和一隻小公雞約好，每天早上提前半個鐘頭叫他起床。他自願早起，包攬需要幫忙的工作，做完後才進行自己的日常工作。每次遇到問題和挫折，他的答案都是「我會更努力的」，這句話也成了他的座右銘。

動物各司其職，貢獻一己之力。母雞和鴨子負責收集四散的穀物，總共拾回一八二公升的穀物。動物不偷竊，也不埋怨配糧，過去常見的爭執、啃咬和嫉妒幾乎不再發生。動物大多不偷懶、不逃避責任，但仍有少數動物不好好工作。茉莉不習慣早起，也經常找理由提前結束工作，像是馬蹄卡到石頭之類的。貓的行為也略顯詭異，動物們很快就發現，只要有工作，就不見貓的身影，一消失就是好幾個鐘頭，直到吃飯時間或收工後才泰然現身。但她每次都會用溫柔可愛的咕嚕聲應付大家，或是以冠冕堂皇的理由搪塞，因此大家不覺得她是故意的。即使抗爭結束，老驢子班傑明的態度始終不變，他還是瓊斯統治時代的那副樣子。這個動作遲緩的老頑固不逃避責任，但也不會自願幫忙。提到抗爭和現在的生活，他總是一臉無可奉告；被問到瓊斯不在後是否比較開心，他的回答還是那句無動於衷的話：「驢子的壽命很長，你們沒見過驢子死掉吧。」其他動物只能摸摸鼻子，接受這句晦澀的回答。

週日不用工作，因此早餐比平時晚了一個鐘頭，每週例行的典禮緊接其後。第一項活動是升旗。每週日早晨八點，在農舍花園進行。雪球在馬具間撈出瓊斯太太的綠色舊桌巾，他用白漆畫上一隻蹄和一隻角，當作升旗用的旗幟。雪球解釋，綠色象徵英格蘭的綠地，蹄和角象徵未來推翻全體人類後所組成的動物共和國。升旗結束後，動物魚貫進入大穀倉，參加「集會」，也就是全體大會。集會時，大家會制訂下週的工作，並提出決議，進行辯論。動物只會表決，不知道如何提出決議，所以決議向來由豬負責提出。目前為止，辯論活動上最活躍的是雪球和拿破崙，但他們往往無法達成共識。即使所有動物已經同意某項決議，只要一方提出意見，另一方肯定會針鋒相對。像是大家明明都同意將果園後方的小牧場當作退休後的安養之家，兩隻豬卻開始爭辯各動物的退休年齡。集會的最後，大家合唱《英格蘭之獸》，正式結束集會。週日下午是休閒時間。

豬隻把馬具間當作總部。夜裡，他們研讀從農舍翻出的書籍，學習鍛造、木工等重要技藝。雪球忙著組織動物委員會，樂此不疲地招募動物。他開辦了五花八門的機構，像是為母雞組成雞蛋生產委員會、為乳牛開設乾淨牛尾聯盟、野生同志教育改造委員會（目標是馴服老鼠和兔子）、綿羊的清理羊毛運動，另外也增設了閱讀寫作課程。這些計畫多半以失敗收場，馴服野生動物的計畫即刻告吹，畢竟本性難移，只要對他們好一點，野生動物就會得寸進尺。貓也加入教育改造委員會，頭幾天她積極參與，某天動物卻看見她在屋頂上和幾隻搆不到的麻雀說話。她告訴麻雀，現在所有動物都是同志，只要麻雀加入他們，便可以在她的貓掌上歇息，可是麻雀依舊和她保持距離。

寫作課程的收穫不少，不到秋季，動物們多少都能識字了。豬隻早已讀寫流暢，雖然狗的閱讀能力不差，卻對七誡以外的文字不感興趣。山羊莫里爾的閱讀能力比狗好，晚上偶爾會從垃圾堆翻出斷簡殘篇的報紙，朗讀給動物們聽。班傑明跟狗一樣會閱讀，卻從來不善用長才，因為他覺得沒什麼值得閱讀的東西。克羅芙背下了完整的字母表，卻不會拼字。拳擊手最多只能背到字母D，他用碩大的馬蹄在塵土中描出A、B、C、D，然後就杵在那兒、豎起兩耳凝視著字母，偶爾甩一甩額髮。他試圖背下第五個字母，卻從來沒有成功。就算學會E、F、G、H，又會忘記A、B、C、D。最後他放棄了，只要記得前四個字母便已經心滿意足，每天寫出來一、兩次加強記憶就好。茉莉說什麼都不肯學，只背下能拼出她名字的字母。她把一根根樹枝整齊排成自己的名字，再用幾朵花裝飾，完成後她會繞著走一圈，欣賞自己的得意作品。

其他農莊動物最多只學會A。大家發現腦袋較不靈光的動物背不熟七誡，例如綿羊、母雞、鴨子等。幾經思考，雪球宣布將七誡簡化成：「四條腿的好，兩條腿的不好。」他說這句格言已經蘊含動物主義的精髓，一旦融會貫通，就不會受到人類影響。起初飛禽類出言抗議，畢竟他們覺得自己也是「兩條腿的」，可是雪球證實事情絕非如此。

他說：「同志們，鳥的翅膀是用來推進，而不是操控，所以算是腿。人類與鳥的差別在於手，那是他們用來作惡的工具。」

飛禽類聽不太懂雪球的長篇大論，但默默接受了這番解釋。資質駑鈍的動物努力背誦「四條腿的好，兩條腿的不好」，這句格言也以更大的字體寫在穀倉牆壁上，就在七誡上方。綿羊把格言牢牢記在心裡，很快就愛上了這句話，他們躺在農田裡，咩咩地背誦：「四條腿的好，兩條腿的不好！四條腿的好，兩條腿的不好！」他們往往能念好幾個鐘頭，從不喊累。

拿破崙對雪球組織的委員會興致缺缺，他說年輕人的教育比成年人的組織重要。乾草收成後不久，潔西和藍鈴分別生下後代，一共是九隻健康活潑的小狗。小狗一斷奶，拿破崙就把他們帶走，信誓旦旦地擔起教育他們的重任。他帶小狗住進需要爬梯子才上得去的閣樓，小狗過著與世隔絕的生活，農莊裡其他動物也忘了他們的存在。

牛奶失蹤事件沒多久就真相大白。原來牛奶每天都被混進豬的飼料。早春，逐漸成熟的蘋果被風吹落，遍布果園的草地上，動物們以為大家理應會均分這些果實。可是有一天，動物們收到命令，要把一地的蘋果收集起來，送到馬具間給豬吃。動物們抱怨連連，但依舊抗議無效。豬隻之間早已達成共識，雪球和拿破崙也都沒有異議，他們還派史奎勒向其他動物解釋狀況。

「同志們！」他高聲呼喊：「請你們千萬不要誤會。別以為我們自私自利又愛耍特權，其實我們根本不喜歡牛奶和蘋果，我本身甚至很討厭這些食物。我們是為了健康著想才吃蘋果、喝牛奶，畢竟這兩種食物含有豬隻所需的營養素（同志啊，這可是經過科學證實的）。豬擔起經營和組織農莊的重責大任，常常要動腦思考，日夜保衛大家的福祉。為了你們好，我們才會喝牛奶、吃蘋果。要是豬做得不好，你們知道會發生什麼事嗎？瓊斯會回來！沒錯，瓊斯一定會回來！同志們！」史奎勒近乎懇求地呼喊，左蹦右跳，尾巴東搖西晃。「你們當然不希望瓊斯回來，對吧？」

動物們不太懂其他事情，但他們真的不希望瓊斯回來。因此他們無話可說，豬隻的健康實在太重要，沒有討論的餘地。事情就這麼定了，從今以後牛奶和蘋果（除了被風吹落的，也包括從樹上採收的成熟蘋果）專門留給豬隻食用。

第四章

到了晚夏，動物農莊的抗爭已經傳遍半個威靈頓。雪球和拿破崙每天派出好幾群鴿子，他們接收的任務是和附近農莊的動物打交道，傳播抗爭的事蹟，並教他們唱《英格蘭之獸》。

這段期間，瓊斯多半坐在威靈頓的紅獅酒吧。只要有人願意傾聽，他就滔滔不絕講述自己遭遇的不公不義和暴行，抱怨自己被一群沒出息的動物趕出農莊。其他農莊的主人很同情瓊斯先生，但沒有人向他伸出援手，只是暗自盤算自己能否從中獲到好處。幸運的是，動物農莊附近的兩間農莊主人長期交惡。其中一間是法斯伍農莊，那裡年久失修，已被茂密樹林吞沒，草地寸草不生、樹籬參差不齊，農莊主人皮爾金頓先生是個隨和的紳士，不是釣魚就是打獵，端看是什麼季節。另一座是品菲爾德農莊，規模較小，但維護得不錯，農莊主人菲德列克先生個性狡猾、作風強硬，長年官司纏身，是出了名的愛計較。這兩人互看不順眼，就算要維護共同利益，也很難達成共識。

話雖如此，動物農莊的抗爭還是嚇得兩人輾轉難眠、焦慮不安，更不希望自己農莊裡的動物得知消息。起先他們只是逞強，對動物自行管理農莊的念頭一笑置之，篤定兩週內肯定關門大吉。他們還說曼諾農莊的動物（他們固執地維持曼諾農莊的稱呼，說什麼都不能忍受「動物農莊」）內鬥嚴重，很快就會餓死。但隨著時光飛逝，動物沒有餓死的跡象，菲德列克先生和皮爾金頓先生便馬上改口，謊稱動物農莊內有猖獗的惡行。他們說動物會用燙紅的馬蹄鐵折磨彼此，不僅自相殘殺，還共享妻子，根本是違反自然法則。

然而，其他動物對這個說法半信半疑。他們只知道有座美好的農莊，那裡的動物不僅發起武裝抗爭來趕走人類，還親自管理整座農莊。模糊不清的謠言以訛傳訛，一年來鄉下各地掀起了造反的風潮。原本溫馴敦厚的公牛突然變得野蠻，綿羊撞破圍籬、吞食苜蓿，乳牛踢翻牛奶桶，獵馬不肯奔躍柵欄，還甩開背上的騎士。最重要的是，《英格蘭之獸》傳唱於大街小巷，速度快得驚奇。聽見這首歌的人類雖然嘴上說這首歌荒謬又離譜，內心卻壓不下怒火，無法理解動物為何要唱這種無恥的垃圾歌曲。只要動物被當場逮到唱這首歌，都逃不過人類的懲罰。但怎麼都壓不下這首歌的旋律。烏鶇在樹籬上啼唱，鴿子在榆樹間呢喃，歌聲與鐵匠的打鐵聲、教堂的鐘聲融為一體。聽見這首歌時，人類不禁顫抖，彷彿聽見了未來命運的預言。

十月初，穀物收割貯存，部分已經脫穀。一群鴿子飛過半空，兵荒馬亂地降落在動物農莊的後院，向大家報告瓊斯率領了所有員工和六名來自法斯伍農莊和品菲爾德農莊的人踹開柵門，正走在農莊的小車道上。領頭的瓊斯握著一把槍，其他人高舉棍棒，一看就是要來奪回農莊。動物們早料到這一天遲早會來，所以他們早就做好了萬全的準備。雪球負責率眾防禦，他曾認真研讀了一本在農舍發現的歷史老書，故事說的是凱薩大帝戰役。讀過書的雪球當機立斷，迅速下達指令，幾分鐘後，所有動物已經各就各位。

隨著人類一步步逼近農倉，雪球發動了第一波攻勢。三十五隻鴿子在人類頭頂盤旋，在半空中與他們對峙。人類忙著對付鴿子時，躲在圍籬後方的鵝俯衝而上，猛啄他們的大腿。這只是小規模作戰，用意是引起恐慌。人類輕易地揮著棍棒，把鵝趕跑，這時雪球發動了第二波攻勢。莫里爾、班傑明、所有綿羊以及領頭的雪球從四面八方衝出來，對人類又是戳、又是刺、又是撞，班傑明還用驢蹄猛踹。但是手持棍棒、腳穿平頭靴的人類還是比較強壯。突然之間，雪球長長地尖叫一聲，宣布撤退，於是動物集體跑回後院。

人類發出勝利的歡呼，他們以為動物都被嚇跑了，便三三兩兩追上去，此舉正中雪球下懷。一踏進後院，在牛棚裡埋伏的三匹馬、三頭乳牛，和其他豬從後面竄了出來。雪球發出進攻信號，他率先衝向瓊斯，瓊斯朝他開槍，子彈在雪球背部留下一道道血痕，又射中了一頭綿羊。雪球沒有半刻遲疑，旋即用九十五公斤的體重狠狠撞在瓊斯腿上，連滾帶爬的瓊斯跌落在肥料上，槍飛出他的手心。最嚇人的莫過於拳擊手，他宛如一匹種馬，後腿撐起全身重量，用裝了鐵塊的大馬蹄猛地一踹，正中法斯伍農莊馬伕的頭顱。奄奄一息的馬伕倒在泥濘中，目睹一切的眾人驚慌失措，嚇得丟掉棍棒、抱頭鼠竄。下一刻動物們在後院上演了追逐戰，他們頂撞、踢踹、狠咬、踩踏入侵的暴徒，用自己的方式向人類報仇。就連貓都從屋頂跳上牧牛人的肩膀，爪子深深掐進他的頸部，讓他痛得不斷哀號。當入口空了出來，人類便趁機衝出後院，跑到大馬路上。不到五分鐘，這場攻擊就以人類恥辱性的撤退劃下句點，他們逃走的時候，那群鵝仍在背後追趕，猛啄他們的小腿肚。

人類全都逃之夭夭，只有一人還留在動物農莊。後院，拳擊手用馬蹄撥弄趴在泥濘中的馬伕，試著把他翻到正面，馬伕卻文風不動。

「他死了。」拳擊手哀傷地說：「我根本無意殺人，但攻擊時我忘了馬蹄上裝了鐵片。我真的不是故意的，但誰會相信我呢？」

「同志，不要感情用事！」傷口仍在淌血的雪球好言相勸，他喊道：「這就是戰爭。戰場上沒有好人，只有死人才是好人。」

「我無意殺生。即使是人，我也無意殺生。」拳擊手雙眼泛淚，重複這句話。

「茉莉在哪裡？」一隻動物大喊。

茉莉的失蹤立刻引起軒然大波，動物擔心人類對她下了毒手，或是把她帶走。最後，大家在馬廄裡找到茉莉，原來她聽見第一聲槍響就嚇跑了，還把頭埋進飼料槽的乾草中。動物再次回到後院，他們發現馬伕已經恢復意識，自行離開了，他剛剛不過是嚇暈而已。

動物們振奮不已，集合時尖著嗓子細數自己的豐功偉業。擇日不如撞日，他們決定馬上舉行慶祝大會，升起旗幟，連續唱好幾遍《英格蘭之獸》，並舉行莊嚴隆重的葬禮來埋葬綿羊烈士，還在他的墓地旁種了山楂樹。雪球在墓地旁進行一段簡短的演說，他強調所有動物都要做好心理準備，必要的時候，大家可能得為了動物農莊而犧牲生命。

動物們全體決議，建立軍事動章制度。雪球和拳擊手當場獲頒「動物英雄・一等榮譽」動章，他們可以在週日和國定假日配戴動章（這些「動章」其實是馬具間找到的古老黃銅馬飾），大家亦頒發「動物英雄・二等榮譽」動章給殉難的綿羊。

經過熱烈的討論，他們決定將這場戰役取名為牛棚戰役，因為牛棚是發動突襲的地點。他們在泥巴堆裡發現瓊斯先生的槍，農舍裡還有備用彈匣，於是大家決定把槍立在旗竿下，每年發射兩次。一次是在十月十二日的牛棚戰役紀念日，另一次則是在仲夏的抗爭紀念日。

第五章

隨著冬季的逼近，茉莉漸漸變成農莊的頭號大麻煩。每天早上開工時，她總是藉口自己不小心睡過頭而遲到。茉莉也抱怨身體莫名疼痛，但她的食欲仍好得不得了。一找到託辭，她就蹺班跑到飲水池前，虛榮地欣賞水面上自己的倒影。除此之外，關於茉莉的謠言甚囂塵上。有一天，茉莉快樂地走進後院，她炫耀地甩著長尾巴，嘴裡還嚼著一根乾草。克羅芙把她拉到一旁。

「茉莉，」她說：「我有件非常嚴肅的事要問你。今天早上，我看見你隔著圍籬眺望法斯伍農莊，皮爾金頓先生的工人就站在圍籬另一側。雖然隔了一段距離，但我的確看見他和你說話了，你還讓他摸你的鼻子。這是怎麼回事，茉莉？」

「他沒摸我的鼻子！我什麼都不知道！不是你看到的那樣！」茉莉跳腳，用馬蹄刨抓地面。

「茉莉！看著我，你可以保證那個男人沒摸你的鼻子嗎？」

「不是你看到的那樣！」茉莉不斷重複這句話，卻不敢正眼看克羅芙，下一刻便轉頭奔向農田。

克羅芙的腦海中浮現一個想法，但她並未向任何動物提起。她前往茉莉的馬廄，翻開地上的稻草時，她發現底下有一堆糖和各色緞帶。

三天後，茉莉不見了。動物都不知道她的去向，但是幾週後鴿子捎來報告，他們在威靈頓的另一頭發現茉莉。她佇立在小酒吧外面，拉著一輛時髦的紅黑色雙輪馬車。一個臉色紅潤的胖男人，撫摸茉莉的鼻子，還餵她吃糖。男人穿著格紋馬褲和高筒鞋，應該是這間小酒吧的老闆。鴿子說茉莉剛修過鬃毛，額上戴著豔紅色緞帶，非常自得其樂。之後，動物再也沒提過茉莉。

一月份冰天雪地，大地猶如一塊冰冷的鐵，農田也無法耕作。大家在大穀倉進行了好多場會議，豬們忙著規劃下一季的農作。大家都贊成讓聰明的豬負責策劃，但要獲得過半的同意，策劃才算正式通過。這種做法本來沒什麼問題，偏偏雪球和拿破崙不合，一逮到機會就反對彼此。要是一方要拓寬大麥耕地，另一方絕對會要求增加燕麥的耕作。要是一方說某塊地很適合種捲心菜，另一方就會說那塊地只適合種植根莖類。兩人各有追隨者，互不相讓，上演了無數次激烈的爭論。雪球常常在集會上發表精彩絕倫的演說，讓他得以獲得過半的票數；拿破崙擅長在休息時間遊說大家，替自己拉票。綿羊對拿破崙言從計聽，近來常常不分場合地喊出「四條腿的好，兩條腿的不好」，打亂集會的秩序。尤其在雪球的演講正進行到關鍵處時，綿羊就會喊出這句話來打斷他。雪球在農舍裡發現了幾本過期的《農夫與畜牧業者》雜誌，仔細鑽研後，他滿腦子都是革新和改良計畫。他井井有條講著農地排水、青貯飼料、鹼性熔渣，甚至打算打造一套精密繁複的制度，讓動物每天在不同的農地排便，以節省運送堆肥的勞力。拿破崙沒有建立任何制度，只是在一旁說風涼話。他不看好雪球的計畫，說那只是白費時間。不管兩隻豬曾經為了什麼事情爭執不下，都不比風車之爭來得難堪。

農倉不遠處的狹長牧場上有一座小丘，正巧是農莊的制高點。實地考察後，雪球認為這裡是蓋風車的理想位置。風車可以做為發電機的動力，發電機可以為農莊供應電力，不僅能提供照明，冬天還可以取暖，工作時亦可使用圓鋸、鍘草機、切片機和電動擠奶機。動物們以前從沒聽過這些器材（因為農莊老舊，只有基本的機械設備），他們驚訝地聽著雪球描繪這些神奇機器的能耐。在雪球的描述中，動物們想像自己未來能在田地裡悠哉地吃草，以閱讀和對話來陶冶性情。

幾週內，雪球已經畫出完整的風車草圖。繪製機械的細節時，他主要參考了三本瓊斯先生的書：《一千個實用的建築技巧》、《人人都是砌磚工》、《電力學入門》。雪球把以前用於孵蛋的棚子當作書房，那裡的木地板很光滑，適合繪製草圖。他一口氣閉關了數個鐘頭，用石頭壓住翻開的書本，然後以豬蹄夾著粉筆飛快地勾勒出一道道線條，不時興奮地小聲歡呼。他逐步畫出複雜精細的曲軸和齒輪，草圖占據了一半以上的地板。動物們雖然完全看不出個所以然，卻忍不住讚嘆佩服，每天專程來瞧一眼雪球的草圖。母雞和鴨子前來朝聖時，還會努力注意腳步，不要踩到筆跡。唯獨拿破崙不為所動，他從一開始就反對風車計畫，但有天他卻心血來潮，前來查看設計藍圖。拿破崙在棚子內踩著沉重步伐，仔細觀看每個細節，還用鼻子嗅了嗅。他斜眼看著草圖，一臉若有所思的樣子，接著倏然抬起腳，在草圖上撒了一泡尿，之後不發一語地步出棚子。

在風車這個議題上，整座農莊分成兩派。雪球承認打造風車是項艱鉅的任務，不但得搬運石頭、堆砌成牆，還得製作風車翼板，之後還要煩惱發電機和纜線（至於如何取得這些東西，雪球隻字未提）。但他強調風車只要一年就能完工，他說風車一旦完成，就能節省勞力，動物們每週只需工作三天。另一方面，拿破崙卻說當務之急是增加糧食產量，要是他們浪費時間去蓋風車，恐怕就會挨餓。動物們分成兩派，標語分別是「投給雪球，工作三日」以及「投拿破崙，食槽滿滿」。班傑明是唯一不選邊站的動物，他不相信豐衣足食的未來，也不覺得風車能節省勞力，他說無論有沒有風車，日子都不好過。

除了風車爭議，還有農莊的防衛問題。雖然牛棚戰役時人類一方慘敗，可是動物們知道人類隨時可能捲土重來，強勢地奪回農莊，幫瓊斯重新站穩腳跟。更何況，現在人類的侵略理由變得更加充分，畢竟戰敗消息已經傳遍鄉間，鄰近農莊的動物變得更難管束。討論防衛策略時，雪球和拿破崙一如既往地各執己見。拿破崙的想法是，目前武器採購和軍事特訓刻不容緩。雪球認為他們應該派出更多鴿子，到其他農莊煽動那裡的動物叛亂。一方的論點是，如果無法自衛就會被壓制收服；另一方則說，要是各地都展開抗爭，他們就不需要自衛。動物們左耳聽著拿破崙的話、右耳聽著雪球的話，很難決定哪一個才是正確的策略。最後他們發現，只要誰在說話，他們就同意誰的論點。

雪球規劃的草圖終於大功告成。下個週日的集會上，他們必須表決是否進行風車工程。動物們在大穀倉集合，雪球第一個發言，雖然偶爾被綿羊的叫聲打斷，他還是條列出蓋風車的理由。接著是拿破崙的回應，他平靜地表示蓋風車只會白費力氣，奉勸大家不要支持風車計畫，話一說完他便迅速坐下，前後不超過三十秒，跟沒說一樣。雪球跳起來嚷嚷，一邊要開始吵鬧的羊群閉嘴，一邊熱血沸騰地懇求大家支持風車計畫。原本贊成和反對票各占一半，但雪球振振有詞的演講說服了動物。他善用自己的口才，有聲有色地描繪出動物農莊的未來，在他的想像中，動物再也不用過著勞碌的生活。除了鍘草機和蕪菁切割機，他聲稱風車的電力可以為脫穀機、耕犁機、碎土機、碾軋機、收割機和割綑機供電，甚至提供獨立照明、冷熱水和電暖爐。話一說完，表決結果已出，沒有爭議。可就在這時，拿破崙斜睨雪球，然後發出一聲動物都不曾聽過的尖銳叫聲。

門外傳來可怕的低沉吠叫，九隻戴著黃銅鉚釘項圈的大狗猛地衝進來，直直奔向雪球。雪球縱身一躍，逃過大狗的尖牙，衝出穀倉，大狗們追了上去。動物們錯愕又害怕，完全說不出話來，大家蜂擁而出，看著這場追逐戰。雪球竭盡全力地狂奔，他穿過狹長的牧場、衝向馬路，但大狗依舊緊跟在後，剎那間他的腳下一滑，小命幾乎不保之際，他又跳了起來，以畢生最快的速度逃開。大狗漸漸追上他，其中一隻差點咬到雪球的尾巴，但雪球及時甩開，最後加速衝刺，離狗嘴就差幾公分時，他成功鑽進圍籬的小洞，再也不見身影。

動物看得瞠目結舌，心有餘悸地回到穀倉。過了一會兒，大狗們回來了。起初，動物無法想像這些狗從哪兒冒出來的，不過馬上就有了答案：他們就是自小跟母親分離，由拿破崙私下調教的狗。雖然還沒完全成年，牠們的體型已經相當龐大，看起來和狼一樣凶狠。他們牢牢跟在拿破崙身邊，還會對拿破崙搖尾巴，這副模樣跟以前對瓊斯搖尾巴的狗完全一樣。

拿破崙率領著大狗，登上了少校之前演講時的平台。他宣布從今以後取消週日朝會，更說朝會沒有必要又浪費時間。未來，農莊作業問題都交由豬隻組成的委員會解決，拿破崙擔任委員會主席，豬隻會私下開會討論，之後再向其他動物宣布結果。週日上午一樣要集合升旗，合唱《英格蘭之獸》，聽取當週工作指令，但是辯論會從此停辦，再也不會舉行。

雪球剛被驅逐，動物們本就驚魂未定，聽完拿破崙的公告後更是大失所望。幾隻動物本想站出來抗議，但他們尚未整理好自己的論點。連拳擊手都對這個決定有意見，他的耳朵緊緊往後貼著，來回甩了幾下額髮，絞盡腦汁想整理思緒，最後還是說不出什麼話。有些豬比較能言善道，四隻年輕肉豬坐在前排，他們發出不滿的尖叫，忍不住跳腳，準備高談闊論。可是大狗就像拿破崙的貼身護衛，突然發出深沉恐怖的低吼，幾隻豬被嚇得陷入沉默，乖乖坐了回去。接著綿羊突然咩咩喊著「四條腿的好，兩條腿的不好」，持續了將近十五分鐘，任何討論都戛然而止。

事後，拿破崙派史奎勒走訪農莊，向動物解釋最新安排。

「各位同志！」他說：「我相信大家都很感激拿破崙同志犧牲奉獻，獨力扛下額外的職責。同志們，千萬別以為領袖很輕鬆！相反地，責任十分沉重。拿破崙同志堅信所有動物生而平等，他比誰都更堅持這一點。要是你們能自行做出決策，他當然樂得輕鬆。可是同志，你們偶爾會做出錯誤決定，請問到時候我們該何去何從？想必大家現在都知道雪球是罪犯，要是支持滿嘴空話的雪球，會是什麼下場？」

「他曾在牛棚戰役上英勇抗敵。」有動物答腔。

「光有英勇還不夠，」史奎勒說：「忠誠和服從更重要。至於牛棚戰役，我相信日後大家會發現雪球的貢獻只是誇大其詞。紀律啊，同志們，鐵的紀律！這就是今日的重點。只要走錯一步，敵人就會緊追而上。同志們，你們不希望瓊斯回來，對吧？」

這套說詞一搬出，動物再度啞口無言。動物們當然不希望瓊斯回來，如果週日早上的辯論會帶來這種下場，當然只能停辦。拳擊手終於有時間可以好好思考，他用一句話總結了今天的感想：「既然拿破崙同志都這麼說了，那一定是對的。」從那時起，除了原來的座右銘「我會更努力的」，拳擊手現在又多出一句新的座右銘：「拿破崙永遠是對的。」

這時氣候回暖，開始春耕。雪球草擬計畫的棚屋緊閉，大家都以為風車草圖已經被抹去。每週日上午十點，動物們在大穀倉集合，聽取當週工作指令。老少校的頭骨已從果園掘出，放在旗竿下的樹墩上，就在槍的旁邊。升旗結束後，動物們必須先莊敬地列隊行經頭骨，再走進穀倉。現在大家不再像以前一樣全體席地而坐，拿破崙、史奎勒，以及會寫詩歌的米尼慕斯坐在隆起平台前，九隻猛犬環繞著他們，其他豬則坐在後頭。剩下的動物在穀倉正中央，面對他們。拿破崙以粗啞的軍人腔調念出當週工作指令，合唱《英格蘭之獸》後，大家便原地解散。

驅逐雪球後的第三個週日，拿破崙宣布蓋風車。動物們聽見這個消息非常詫異。拿破崙不曾說明為何突然改變心意，只是警告動物這會是勞神費力的工程，必要時甚至要減少配糧。現在萬事俱備，只需要確認計畫的最終細節。過去三週以來，豬隻組成了風車特殊委員會，忙著草擬風車計畫，經過他們的計算，風車的建造和改良工程預估將耗時兩年。

那天傍晚，史奎勒私下向動物們解釋。事實上，拿破崙從未反對風車計畫，甚至一開始就非常支持。其實風車本是拿破崙的構想，但雪球從拿破崙手中偷走了文件，自己在地上畫草圖。這時有動物發問：「拿破崙當初為何堅決反對風車計畫呢？」史奎勒露出詭祕的神情，他說拿破崙同志其實用心良苦，表面上故意反對，實際上想辦法擺脫雪球。雪球是危險的惡勢力，既然他已被驅逐，風車計畫就可以順利開始。史奎勒說這就是策略，他哈哈大笑，重複說了幾次：「策略啊，同志，策略！」他喜不自勝，一邊跳躍一邊甩尾巴。動物們不太懂「策略」是什麼意思，可是史奎勒的話很有說服力，又有三隻橫眉豎目的狗在一旁發出低沉吼叫，因此他們不好多問，只能默默接受。

第六章

那一年，動物們像奴隸一樣工作。大家心甘情願、全無怨言，因為他們知道所有的辛勞全是為了自己和下一代，不會被懶惰的人類偷走。

春夏時，動物每週的工時長達六十個鐘頭。八月，拿破崙宣布週日下午也要工作，雖然週日的工作是自願制，但如果不參與，配糧會減半。即便如此，某些工作依舊無法完成。今年的收成不如去年豐碩，耕作時程也未及時完成，因此本應在初夏種好根莖類作物的兩塊田地依然光禿禿的。可想而知，今年冬天不會太好過。

農莊裡有座蘊藏豐沛石灰岩的礦場，他們還在庫房發現大量砂石和水泥，所以手邊不缺建材。但是風車計畫碰到了意想不到的難題。第一個問題是動物們不知道怎麼把石頭切割成適當大小，巨石大到無法使用，而且全都堆在礦場底層。若要分解巨石，勢必要使用十字鎬和撬棍，但動物們不能用兩腳站立，因此無法使用這些工具。

經過幾星期的徒勞無功，某隻動物想到運用地心引力的原理。動物用繩索套住巨石，讓身體能套上繩索的乳牛、馬，或綿羊等動物拖上山，關鍵時刻連豬也會幫忙。他們沿著山坡緩慢爬上高處，再從邊緣推落巨石，石頭一旦粉碎，搬運時就簡單多了。馬把碎石裝上貨車後再拉上山，綿羊拉著石頭前進，莫里爾和班傑明也拖著古老的輕便二輪馬車幫忙分擔工作。夏季尾聲，他們已經累積充裕的石頭，在豬的監督指揮下，風車的建造工程正式開始。

可是工作的過程艱辛又漫長，光是拖著巨石爬上最高處便讓動物耗盡一整天的體力，但有些石頭推下去之後還不會碎掉。如果沒有拳擊手，大家根本無法完成工作。拳擊手的力氣幾乎是所有動物的總和，動物們常常被滑落的巨石拖下山坡，一聽到他們驚恐的呼救聲，拳擊手都會衝去拉緊繩索、拖住石頭。他咬著牙一步步爬上山坡，前蹄緊緊扒在地上，累得氣喘吁吁、汗水淋漓，這副模樣令動物崇拜不已。克羅芙勸他別累壞身體，但拳擊手根本沒放在心上，彷彿他的口號「我會更努力的」和「拿破崙永遠是對的」能回答所有問題。他本來和公雞約好提早半個鐘頭叫他起床，現在又改成提早四十五分鐘。空閒時間本來就不多，但只要一有空檔，拳擊手便會獨自前往礦場，採集一堆碎石，自行拖到風車工地。

那年夏天，動物們晨興夜寐，但他們過得並不差。就算糧食量不如瓊斯在的時候多，但也沒有比較少。現在他們只需要餵飽自己，不必供養五個浪費的人類。相較之下，目前的生活沒什麼缺點，大家心滿意足。各方面來說，動物比較有效率，例如除草工作他們做得比人類徹底。現在沒有動物會偷竊，不必刻意隔開牧場和耕地，因而省下保養圍籬和柵門的力氣。即便如此，隨著夏天過去，原本看不見的問題也慢慢浮出水面。他們需要農莊無法製造的物品，像是燃油、鐵釘、繩子、狗餅乾、製作馬蹄鐵的材料等。除了五花八門的工具，他們還需要種子、人工肥料，以及風車的零件。至於要如何採購這些物品，他們毫無頭緒。

某個週日清晨，動物們集合聽取工作指令，拿破崙宣布了新政策。從今以後，動物農莊將與附近的農莊進行交易，但絕非為了圖利，而是要取得風車急需的原物料，這是最重要的目標。他準備出售一綑乾草和一部分的小麥作物，如果之後需要更多錢，就會在威靈頓市場賣雞蛋。拿破崙說，為了建造風車，母雞應該欣然地犧牲自我，貢獻一己之力。

這次動物也略感躊躇。驅逐瓊斯後的首場集會上，明明決定不和人類往來、不參與商業交易，也不使用錢，不是嗎？動物們記得當初通過了相關決議，至少仍依稀記得。四隻豬畏畏縮縮地開口，拿破崙廢除集會時，他們本來頗有微詞，但在大狗的幾聲狂吠下旋即噤聲。接下來，綿羊一如既往地喊「四條腿的好，兩條腿的不好！」來化解短暫的尷尬。拿破崙高舉豬蹄，要綿羊安靜，宣布這方面的事已經安排妥當。他知道動物不想和人類打交道，於是自願扛下重任。他任命住在威靈頓的律師威姆普先生擔任動物農莊和外界交流的橋梁，威姆普先生每週一上午會來農莊，聽取拿破崙的指示行事。照慣例，拿破崙呼喊「動物農莊萬歲！」集會結束，唱完《英格蘭之獸》之後，動物們原地解散。

事後，史奎勒巡視農莊，安撫動物的不安。他再三保證，當初反對金錢交易的提案絕對沒有通過，甚至都沒有提起。一切純屬動物們的想像，可能還是由雪球散播的謊言。聞言，幾隻動物仍然遲疑，可是史奎勒狡猾地問：「同志，你們確定不是做夢時夢見的？你們有這項決議的紀錄嗎？請問這份紀錄在哪裡？」動物們確實沒有相關的文字紀錄，只好摸摸鼻子認了。

正如原定計畫，每週一威姆普先生都會造訪農莊。他身形矮小、小頭銳面，還留絡腮鬍。威姆普先生經營小本生意，直覺卻敏銳過人。他察覺到動物農莊需要一名掮客，而且佣金肯定很高。動物恐懼地看著他來來去去，盡量避免跟他打照面。儘管如此，看見四隻腳的拿破崙向兩隻腳的威姆普發號施令時，動物們的內心燃起一絲驕傲，對新的安排也多少妥協了。和以前相比，他們和人類的關係已是南轅北轍，更何況動物農莊現在繁榮昌盛，人類對動物的仇恨並未減輕，反而加深了。人類相信動物農莊遲早會破產，風車計畫也會一敗塗地。人們在酒吧裡繪製圖表，斷言風車一定會倒塌，就算真的蓋起來也不可能正常運作。話雖如此，他們不由得佩服動物經營農莊的效率，他們不再死守過去的稱呼，開始叫他們「動物農莊」，自此可見一斑。他們不再擁戴瓊斯，畢竟瓊斯已經搬去威靈頓另一頭，不再想著奪回農莊。威姆普先生是動物農莊與外界的唯一聯繫，但近來不斷謠傳拿破崙準備和人類談生意，可能會和法斯伍農莊的皮爾金頓先生，或是品菲爾德農莊的菲德列克先生簽合約，但根據觀察，只有一家能和動物農莊達成協議。

這時，豬突然搬進農舍。動物這次記得很清楚，當初決議時說過動物不該住在農舍。可是史奎勒又成功說服他們沒有這回事，他說豬是農莊的首腦，需要在安靜的地方工作，再說了，比起豬圈，農舍更符合領袖的氣質（最近他開始以「領袖」尊稱拿破崙）。話雖如此，聽說豬不僅在廚房用餐，還把會客室當作娛樂場所，甚至睡在床上，動物心裡還是有些焦慮。拳擊手一如往常以「拿破崙永遠是對的」消除內心的質疑，可是克羅芙確實記得不睡在床上的決議，而且七誡上寫得清清楚楚。她來到穀倉盡頭，試著看清牆上的七誡，卻讀不懂任何字母，於是特地找莫里爾幫忙。

「莫里爾，」她說：「幫我看看第四條是不是『動物不應該睡在床鋪上』？」

莫里爾有點費勁地拼出內容。

「上面寫著『動物不應該睡在有床單的床鋪上』。」他完整念出句子。

怪了，她不記得第四誡提及床單，但既然牆上這麼寫了，那肯定沒錯。此時史奎勒正好經過，兩、三隻狗跟在他旁邊，好像左右護法。史奎勒上前導正她們。

「同志們，想必你們聽說豬都睡在農舍的床上吧？」他說：「但又有何不妥呢？你們不會真的相信那條不能睡在床鋪的規定吧？床鋪只是睡覺的場所，而且照理來說，隔欄的稻草堆也算床。當初決議時我們反對的是床單，因為床單是人類發明的東西，所以我們扒下農舍床鋪上的床單，躺在床墊上睡覺。床真的舒服！可是同志們，我們的工作勞神費心，我保證這種舒適一點都不過份。你們不會剝奪我們睡眠的權利吧？你們應該不希望我們疲累到無法工作吧？你們不希望瓊斯回來，對吧？」

動物們趕緊附和，再也不提睡在農舍床上的爭議。過一陣子，他們宣布今後豬會比其他動物晚一個鐘頭起床時，動物們也沒有微詞。

秋季來臨，動物雖然疲憊卻很知足。這一年很難熬，賣出部分乾草和穀物後，過冬用的糧食不太充裕，儘管如此，風車還是彌補了這些缺憾。風車差不多完成了一半。收割期結束後，天氣變得乾爽晴朗，動物們比往常更賣力工作，來回扛著石頭、埋頭苦幹，一想到能把牆面砌得更高，無論再辛苦，他們都覺得值得。拳擊手連晚上都會去工地，在秋月下獨自工作一、兩個鐘頭。只要一有空，動物就會繞著半完成的風車，仰望聳立的高牆，讚嘆他們居然蓋出了這麼雄偉的東西。老班傑明還是不願對風車表達熱忱，他仍說著「驢子的人生很長」這種猶如摩斯密碼的話。

十一月颳起狂暴的西南風，建造風車的工作停擺，因為濕氣會影響水泥的製作。某夜強風肆虐，農倉被吹得搖搖晃晃，穀倉屋頂的磚瓦被吹掉了。母雞們尖叫著醒來，她們不約而同夢到遠方傳來槍響。翌日早晨，動物們踏出隔欄，旗竿已被吹倒，果園尾端的榆樹被連根拔起。這時，所有動物心痛地叫了出來，他們看到了驚悚的景象：風車已經變成一片廢墟。

他們奔向風車，平時優雅徐緩的拿破崙率先抵達。沒錯，風車被夷為平地，他們的努力付諸流水，當初辛苦搬運的石頭散落一地。動物們瞠目結舌，呆立在原地，哀傷地凝視散落一地的石頭。拿破崙默不吭聲地來回踱步，偶爾嗅一嗅地面，尾巴僵直地左右掃動，陷入沉思。突然之間，他停下腳步，好像想到了什麼。

「各位同志，」他靜靜地說：「你們知道這是誰搞的鬼嗎？你們知道是哪個敵人在夜裡偷襲我們、破壞風車嗎？是雪球！」他突然宏亮地咆哮，「這是雪球幹的好事！那個叛徒心懷不軌，想要阻撓我們的計畫，為當初驅逐他的事報仇。在夜幕掩護之下，他鬼鬼祟祟跑回來，摧毀我們將近一年來的心血。同志們，我在此判雪球死刑，只要將他繩之以法，就能獲頒『動物英雄．二等榮譽』動章和四加侖的蘋果。活捉他便可獲得八加侖的蘋果！」

得知凶手可能是雪球時，動物們感到不可思議，震懾不已。大家忿忿不平地怒吼，甚至開始思索雪球下次回來時該如何活捉他。他們在小丘不遠處的草地上發現一隻豬的足跡，但只延續了幾公尺就消失在樹籬的洞口。拿破崙深深地嗅聞足跡，他斷定那正是雪球的腳印，還說雪球當時可能是從法斯伍農莊過來。

檢查完足跡，拿破崙嚷嚷：「同志們，工作萬萬不得拖延！接下來我們有得忙了，從今天早上開始，我們要重建風車。整個冬天，我們都要繼續工作，不論晴雨。我們要讓那個可惡的叛徒知道，我們的努力不能被破壞。切記，同志們，我們的計畫絕不變更，一定要貫徹到底。衝啊，同志們！風車萬歲！動物農莊萬歲！」

第七章

那年冬天風雪交加，暴風之後是冰雨和大雪肆虐，大地結了層僵硬的霜，直到二月才融化。動物盡力重建風車，他們知道外界都在等著看好戲，如果風車不能如期完工，又妒又羨的人類就會藉機幸災樂禍。

人類故意唱反調，他們不相信破壞風車的凶手是雪球，他們說風車之所以會倒塌是因為牆壁太單薄。動物們知道事實絕非如此，但他們決定這次重建時牆壁不能只有四十五公分，至少要一公尺，因此他們需要更多石頭。但是礦場長期積雪，他們束手無策，只能等到乾燥的霜季。雖然風車工程略有進展，卻十分艱辛，動物飢寒交迫，不如先前那般滿懷希望。唯獨拳擊手和克羅芙依然充滿鬥志，史奎勒的精湛演說提倡「服務的快樂和勞動的尊嚴」，但真正鼓舞動物的其實是拳擊手，和他掛在嘴邊的那句「我會更努力的」。

一月糧食短缺，穀物配給銳減，於是農莊宣布增加馬鈴薯的配額來彌補不足。可是堆放的根莖類作物疏於照顧，許多馬鈴薯都已經凍傷，大多都變色了，質地也變得軟爛，只剩下幾顆勉強能食用。幾天下來，除了粗糠和甜菜，沒有其他能吃的東西，動物們就快餓肚子了。

這件事絕對要向外界隱瞞。因為風車倒塌，人類越發張狂，現在又編造謠言，聲稱動物農莊裡所有的動物都死於饑荒和疾病，還持續內鬥，最後只能吃彼此的肉、殺害生命。拿破崙知道，如果動物農莊裡的真實狀況被散播出去，會招來怎麼樣的後果，於是他打算利用威姆普先生來散布反向謠言。在這之前，動物幾乎不和每週來訪的威姆普先生互動，即使有也不多。現在豬隻派出動物來散播消息，這些動物大多是綿羊，豬命令他們在威姆普先生的聽力範圍內，不經意地提起配糧增加的假消息。貯糧棚內的糧食桶已經快空了，拿破崙下令用沙子把糧食桶填滿，在表面鋪上僅存的穀物和糧食，並藉機帶威姆普先生經過貯糧棚，讓他看見滿滿的糧食桶。威姆普先生果真上當，他向外界通報動物農莊沒有食物短缺的危機。

儘管如此，到了一月底，他們還是需要向外界採購穀物。這陣子拿破崙鮮少出現在眾人面前，他整天窩在農舍裡，門前也派了凶神惡煞的大狗站崗。如果他走出農舍，也總是威風凜凜的樣子，而且一定有六隻狗緊緊跟在旁邊。要是有人膽敢靠近，這些狗就會大肆咆哮。就連週日早晨的集會，拿破崙都不太出席了，反而派其他豬發布工作指令，這項工作往往由史奎勒代為處理。

某個週日上午，史奎勒宣布剛下蛋的母雞必須上繳雞蛋。拿破崙已經透過威姆普先生簽下合約，每週販售四百顆蛋，賺取的利潤要拿來購買穀物和糧食，這樣才能改善缺糧的情況，也能讓農莊撐到明年夏天。

一聽到這則消息，母雞立刻激動地反對。雖然她們早知自己得為農莊犧牲奉獻，卻不相信這一天真的會來。她們準備了一窩蛋，預計在春天孵化成小雞，她們指控，如果現在帶走雞蛋，就等於謀殺小雞。在瓊斯遭到驅逐後，這是第一次最接近抗爭的時刻。母雞盡力讓拿破崙打消念頭，以三隻黑米諾克母雞為首，她們飛到椽子上下蛋，雞蛋滾落下去，碎了一地。拿破崙見狀，立刻無情地下令中止母雞的配糧，要是哪隻動物敢給母雞一顆穀粒，絕對死刑伺候，這項命令交給狗執行和監督。連續五天，母雞堅不退讓，但最後她們還是乖乖投降，回到了雞舍。這幾天共有九隻母雞死亡，她們被葬在果園，對外宣稱死於球蟲病。這個消息從未傳到威姆普的耳裡，雞蛋也按時交付，由食品商每週開貨車來農莊運輸。

這段期間，動物都沒見過雪球。據傳他藏匿在附近的農莊，不是法斯伍農莊，就是品菲爾德農莊。這時拿破崙和其他農莊的關係已經稍微好轉，後院有一堆已經放置十年的山毛櫸木，已經風乾完畢，威姆普先生建議拿破崙售出這批木材。皮爾金頓先生和菲德列克先生爭先恐後地出價，兩人都想購買，可是拿破崙猶豫不決，遲遲無法決定要賣給誰。動物們也發現，如果拿破崙傾向把木材賣給菲德列克先生，就會聽說雪球躲在法斯伍農莊；要是他傾向把木材賣給皮爾金頓先生，又會聽說雪球跑到品菲爾德農莊。

那年早春，他們突然發現了一件令人驚恐的事：雪球時常在夜裡偷偷潛入動物農莊！隔欄裡的動物們焦慮得夜不成寐。據傳每天夜裡，他會在夜色的掩飾下鬼鬼祟祟回來，做盡各種壞事，包括偷竊穀物、掀翻牛奶桶、打碎雞蛋、踐踏幼苗，還啃咬果樹樹皮。只要有怪事發生，不用多想，絕對是雪球幹的。無論是窗戶破損，或排水孔堵塞，動物就會斬釘截鐵地說是雪球晚上溜進來弄壞的。貯糧棚的鑰匙不見了，整座農莊都深信鑰匙被雪球扔進井底，奇怪的是，當動物們找回不小心放在穀物袋下的鑰匙，他們卻依然堅信那是雪球搞的鬼。乳牛們異口同聲地指控，雪球趁她們睡覺時溜進牛棚來偷偷擠奶。那年冬天，老鼠惹了不少麻煩，大家一致認為是老鼠和雪球聯手惡搞農莊。

拿破崙下令全面調查雪球的行蹤。他親自巡邏，率領大狗仔細檢查農倉，其他動物跟在拿破崙身後，恭敬地保持距離。每走幾步，拿破崙就停下來嗅聞地面，尋覓每個腳印的蛛絲馬跡。他說自己能從氣味找出端倪，穀倉、牛棚，和雞舍，甚至是菜園的角落，幾乎每個地方都有雪球的痕跡。拿破崙的豬鼻子頂著地面，深吸幾口，接著發出嚇人的呼叫：「是雪球！他來過這裡！錯不了，我聞到他的氣味了！」一聽見「雪球」，大狗齜牙咧嘴地吠叫，非常恐怖。

動物嚇得魂不守舍。對他們來說，雪球好像某種看不見的力量，卻如空氣無所不在，以各種危險的方式威脅他們。當晚，史奎勒召集動物們，惶恐地傳達一個可怕的消息。

「同志們！」史奎勒大喊，緊張兮兮地跳：「我們得知一件可怕的事。品菲爾德農莊的主人菲德列克先生策劃要攻擊我們，並奪走我們的農莊！雪球已經加入品菲爾德農莊，他正是這次策劃背後的幕僚。更可怕的是，我們當初以為雪球叛變的原因純粹是虛榮心和企圖心作祟，可是大錯特錯，諸位同志，你們知道嗎？其實雪球一開始就跟瓊斯狼狽為奸！他一直以來都是瓊斯的走狗，留下來的文件清楚證實這一點，我們直到現在才發現真相。同志們，我覺得這解釋了許多疑點。我們不是親眼看到了嗎？雖然他沒能得逞，但當時他其實想害我們輸掉牛棚戰役。」

動物們聽得瞠目結舌。這比破壞風車更惡劣，他們花了好幾分鐘才完全消化這番話。他們記得，或以為自己親眼看過雪球在牛棚戰役中衝鋒陷陣的樣子，雪球多次為他們加油打氣，即使瓊斯的子彈劃傷背部也沒有半點遲疑。一開始他們無法把這段記憶和「雪球是瓊斯走狗」連在一起，就連平時鮮少提出質疑的拳擊手都滿臉問號。他趴下來，前蹄縮在身體之下，閉眼苦思良久，想要釐清思緒。

「我不相信。」拳擊手說：「牛棚戰役時，我親眼見證雪球英勇抗敵，還立即頒發『動物英雄．一等榮譽』勳章給他，不是嗎？」

「同志，那是我們搞錯了。我們現在才發現雪球其實想害我們戰敗，這些證據都記錄在我們發現的機密文件中。」

「可是當時他受傷了。」拳擊手說：「我們都看到他浴血奮戰的樣子。」

「那是他們提前設好的局！」史奎勒說：「瓊斯的子彈只是輕輕劃過雪球的背，如果你識字，我可以讓你看看他的手寫文件。他們本來的計畫是讓雪球在關鍵時刻發出信號並離開戰場，讓農莊落入敵人之手。他差點就得逞了，同志們。要不是我們英勇的領袖拿破崙同志，雪球早就得手了。你們難道不記得了？瓊斯率人闖進後院的那一刻，雪球轉身就跑，許多動物也跟著跑走，你們真的沒印象了嗎？那時大家手足無措，陷入一陣恐慌，最後還是拿破崙同志衝上前，一邊大喊『受死吧，人類！』一邊撕咬瓊斯的大腿。各位同志，你們還記得吧？」史奎勒左蹦右跳，扯著嗓子嘶吼。

史奎勒將當時的場景描述得栩栩如生，動物開始覺得似乎好像有點印象。無論如何，他們都記得雪球確實在戰役的關鍵時刻轉身逃跑。可是拳擊手還是覺得哪裡不太對勁。

「我不相信雪球一開始就是叛徒。」他開口：「之後的行為是一回事，但我相信他在牛棚戰役時是盡忠職守的同志。」

「我們的領袖拿破崙同志非常直接地說過，雪球打從一開始就是瓊斯的間諜。」

史奎勒緩慢而堅定地說：「沒錯，早在抗爭的想法成形前，雪球就是間諜了。」

「啊，原來如此！」拳擊手說：「既然拿破崙同志都這麼說了，肯定沒錯。」

「同志，這就對了！」史奎勒扯著喉嚨嚷嚷。動物們發現他威脅地瞪著拳擊手，轉身準備離去時，他突然停下腳步補充了幾句話，語氣讓動物們印象深刻：「在此，我警告農莊上的所有動物，請各位睜大雙眼。我們有充分的理由懷疑，雪球的間諜此刻就藏在我們之中！」

四天後的傍晚，拿破崙命令所有動物在後院集合。全員到齊後，拿破崙戴著他最近頒給自己「動物英雄・一等榮譽」和「動物英雄・二等榮譽」勳章走出農舍，九隻大狗在他周圍蹦蹦跳跳，發出令動物背脊發涼的低吼。動物們沉默地蜷縮在原地，彷彿已經預想到恐怖的事情即將發生。

拿破崙站在那裡，嚴酷地掃視著在場的動物們，接著發出尖銳的叫聲。大狗縱身咬住四隻豬的耳朵，將他們拖到拿破崙的腳邊。四隻豬疼痛又驚訝地尖叫，他們的耳朵滲出血珠，嚐到血味的大狗一時陷入癲狂亢奮。三隻大狗驀地衝向拳擊手，拳擊手見狀舉起巨大的馬蹄，在半空中攔截其中一隻狗，並將他壓制在地。那隻狗發出淒厲叫聲求饒，另外兩隻狗夾著尾巴逃走。拳擊手目光看向拿破崙，等他下令踩死或放過那隻狗。拿破崙臉色一凜，尖聲命令拳擊手立刻釋放這隻狗，拳擊手立即抬起馬蹄，傷痕累累的狗哀嚎著溜走。

喧譁停止後，四隻豬渾身顫抖地等候處分，他們的臉上寫滿罪惡。當時拿破崙宣布廢除週日集會時，正是這四隻豬出言抗議。拿破崙要他們自行認罪，這四隻豬坦承，在雪球被驅逐後，他們仍與雪球維持密切的聯絡，共同謀劃破壞風車，還跟他達成協議，要把動物農莊交給菲德列克先生。他們還說雪球私下坦承自己過去幾年都是瓊斯的走狗。語畢，狗猛撲上前，咬破這四隻豬的喉嚨。接下來，拿破崙用震懾的聲音命令，有沒有動物要出來認罪。

這時雞蛋抗爭中帶頭的三隻母雞站了出來，她們坦承雪球曾出現在夢境之中，煽動她們違抗拿破崙的命令，她們說完後也被大狗屠殺了。一隻鵝上前認罪，去年收成時他曾偷走六顆穀物，趁著晚上吃掉。有隻綿羊坦白自己聽從雪球的鼓吹，在飲水池撒尿。還有兩頭綿羊承認自己害死了對拿破崙死心塌地的老公羊，他們在篝火附近追逐他，害他吐血而死。這些動物當場遭到處決，認罪和行刑持續進行，拿破崙的跟前屍體橫陳，凝重的空氣中飄散著血腥味。自從瓊斯被驅逐之後，農莊不曾出現過這種局面。

等到一切落幕，除了豬和狗，其餘的動物悄悄離開。他們魂飛魄散、震驚不已，不知道是動物們和雪球共謀背叛比較震驚，還是方才親眼目睹的殘酷刑罰更懾人。過去也有不少恐怖的血腥場景，可是這次的事件發生在動物之間，他們覺得更可怕了。自從瓊斯離開農莊後，動物不曾自相殘殺，就連一隻老鼠都沒殺過，但這一切在今天戛然而止。動物們默默走到蓋到一半的風車，他們躺在那邊，好像在互相取暖。克羅芙、莫里爾、班傑明、乳牛、綿羊、一群鵝和母雞，幾乎所有動物都到齊了，唯獨貓不在場，拿破崙召集動物開會前她便開溜了。沉默在空氣中蔓延，拳擊手還站著，他左右踱步，長長的黑尾巴拍打身側。幾次發出驚訝的嘶鳴後，拳擊手終於開口了：

「我不明白。我不相信農莊會發生這種事，肯定是我們做錯了什麼。就我看來，解決問題的方法就是更努力工作。從今以後，我要提早一個鐘頭起床工作。」

接下來，他踩著笨重步伐前往礦場，在晚上休息前，他採了兩大堆石頭，並運往風車工地。

動物們沉吟不語，圍坐在克羅芙身旁。他們躺在視野遼闊的小丘上，飽覽鄉間景色，幾乎將整座動物農莊盡收眼底，一路綿延至大馬路的狹長牧場、乾草地、雜樹林、飲水池、剛長出鬱鬱小麥苗的田地，還有紅屋頂農倉上冒出裊裊輕煙的煙囪。春天的傍晚月明星稀，青草和茂盛樹籬鍍上夕陽的光芒。動物驀然想起這是他們的農莊，這裡的每一寸土地都屬於他們，而這座農莊是如此美好。克羅芙從山坡上俯視，她不禁熱淚盈眶。如果她有能力說出自己當下的感受，她應該會說這不是多年前他們推翻人類的用意，老少校一開始也不是為了今天的恐怖殺戮而鼓勵動物抗爭。在她想像的未來中，再也沒有飢餓挨打，動物生而平等，大家貢獻自己的長才，強者保護弱者，就像少校演說那晚她拱起前蹄保護那群喪母的小鴨。可是她不知道大家怎麼走到了這步田地，無所不在的大狗低吼咆哮，動物再也不敢說出真心話，只能眼睜睜看著同胞承認驚人的罪行，然後被撕成碎片。即使如此，她也從未有過抗爭或不服從的念頭，雖然目前變成這個情況，還是比瓊斯年代好太多。農莊的當務之急就是阻止人類回來，不管發生什麼事，她依然忠誠、勤勞且服從，並接受拿破崙的領導。可是今天這個局面完全不符合她和動物們的期許和付出。動物們建造風車、正面迎戰瓊斯的子彈，絕不是為了今日的血腥衝突。這就是她無法化為言語的想法。

因為找不到適合形容感受的話語，她唱起《英格蘭之獸》。圍繞在她身邊的動物也跟著哼唱，他們連續唱了三次，旋律悅耳，但聽起來格外輕緩又哀愁。

剛唱完第三次時，史奎勒帶著兩隻大狗走過來。他的臉色凝重，似乎準備宣布重要的消息。他說拿破崙同志下令從今日起廢除《英格蘭之獸》，以後不准再唱。

動物大驚失色。

「為什麼？」莫里爾嚷嚷。

「同志，現在已經不需要唱這首歌了。」史奎勒嚴厲地說：「《英格蘭之獸》是抗爭之歌，但抗爭已經落幕，今天下午的叛徒處決排除所有內鬼，是最後的抗爭。《英格蘭之獸》的主旨是展望美好社會，既然美好社會已經成形，這首歌就不適用了。」

儘管害怕，有些動物還是想要抗議。一瞬間，綿羊開始咩咩大喊「四條腿的好，兩條腿的不好」，維持了數分鐘，打斷討論的機會。

從今以後，再也沒有動物聽過《英格蘭之獸》，取而代之的是由詩人米尼慕斯創作的另一首歌曲：

動物農莊，動物農莊，
只要我在，永遠無恙！

週日早晨升完旗動物們都會唱這首歌，但對動物來說，不管是歌詞或旋律，這首歌永遠都比不上《英格蘭之獸》。

第八章

幾天後，叛徒處決的恐怖逐漸淡去，不過某些動物記起，或者以為自己記得第六誡規定「動物不應該自相殘殺」。動物們不敢在豬和狗的聽力範圍內提及此事，但他們覺得之前的處決違反了第六誡，於是克羅芙去找班傑明，希望他幫忙念出第六誡，但班傑明一如既往地不願多管閒事。克羅芙只好去找莫里爾，莫里爾念了出來：「動物不應該無故自相殘殺。」不知怎地，動物不記得「無故」這兩個字，但這麼看來豬顯然並不違反第六誡，畢竟處決叛徒的理由很正當：他們曾與雪球私下勾結。

今年動物都比去年更賣力地工作。不僅要重建風車的牆壁，厚度得是之前的兩倍，還必須在指定時間內蓋好，再加上平常的農務，大家真是身心交瘁。工時明明加長了，但伙食不比瓊斯還在的時期豐盛。週日早上，史奎勒舉起一串長長的清單，朗讀出一條條細項和數字，證實各類糧食量分別以百分之兩百、三百，和五百的比例增長。動物沒有不相信他的理由，再說他們根本不記得抗爭之前的狀況了，但他們還是寧願少一點數字，多一些伙食。

現在所有的工作指令都是由史奎勒或另一隻豬發布。拿破崙每兩週才會現身，不僅有惡犬隨侍在旁，還有一隻小黑公雞走在前頭，拿破崙即將發言時，小公雞會啼叫一聲，像小號手一樣宣告演說開始。拿破崙與其他豬分開睡在農舍不同房間，而且他總是單獨用餐，兩隻狗在一旁服侍。拿破崙只使用玻璃廚具櫃內找到的皇家皇冠德貝晚宴餐具組。後來甚至頒布了新的命令，每年拿破崙生日要鳴槍慶祝，和其他兩個紀念日一樣。

現在拿破崙不再只是「拿破崙」，他還有個正式封號——「我們的領袖拿破崙同志」。豬喜歡幫他發明各式各樣的稱謂，包括動物之父、人見愁、羊圈守護者、小鴨之友等。史奎勒演講時，他常常提起拿破崙的英明睿智、悲天憫人，以及對各地動物的深切關愛，尤其講到其他農莊裡的動物仍然過得水深火熱、權益被冷落時，總是感激涕零。所有功績和好運氣自然全是拿破崙的功勞，例如母雞會說：「感謝領袖拿破崙同志領導有方，我才能在六天內產下五顆蛋。」兩頭乳牛在水池邊喝水時嚷著「感謝拿破崙同志的領導，這水真是清甜！」米尼慕斯創作的詩《拿破崙同志》充分說明了農莊內部的氛圍：

無父失怙的朋友！
幸福快樂的源頭！
餿水桶之主！噢，我的靈魂
不住燃燒，當我凝望您
沉穩威嚴的眼睛，
宛如天空中的烈日，
拿破崙同志！

您有求必應、
滿足子民所求。
一日兩頓飽餐，潔淨稻草床鋪，

諸獸不分大小
皆有隔欄安居，
您守護了動物，
拿破崙同志！

我若有後代，
無論他胖如水壇、瘦如擀麵棍，
只盼他長大前，
能認真學習、
對您忠心耿耿，
沒錯，他說的第一句話將是
「拿破崙同志」！

拿破崙本人已經認可這首詩，並下令將這首詩寫在大穀倉的牆上，就在七誡正對面，上方則是史奎勒用白漆畫的拿破崙側面肖像畫。

與此同時，透過威姆普先生居中協調，拿破崙開始進行錯綜復雜的協商，這次交易的潛在對象是菲德列克先生與皮爾金頓先生。那批木材仍未售出，雖然菲德列克先生的購買意願較高，卻提不出合理的價格。剛好這段期間又傳出新謠言，聽說菲德列克先生嫉妒心作祟，他計畫帶著手下進攻動物農莊、破壞風車，而且雪球還潛伏在品菲爾德農莊。盛夏，三隻母雞主動自首，她們受到雪球鼓吹，準備謀殺拿破崙，動物們著實詫異不已。三隻母雞立刻被處決，保護拿破崙的維安預防措施也開始執行，夜裡四隻狗各據一方，守在他的床畔；為了防止食物下毒，一隻名叫品客埃的豬被指派去幫拿破崙試吃所有食物。

就在這時，拿破崙決定把木材賣給皮爾金頓先生，也和法斯伍農莊簽定了以物易物的長期合約。有了威姆普先生居中協調，拿破崙和皮爾金頓先生之間的關係變得熱絡。動物無法相信身為人類的皮爾金頓先生，但相較於讓他們又怕又恨的菲德列克先生，動物對皮爾金頓先生還是比較有好感。隨著夏季的腳步，風車快要完成，外來攻擊迫在眉睫的謠言也越演越烈。據說菲德列克先生將率領二十人持槍進攻，他已經買通了地方法官和警察，就算搶走動物農莊的地契也不會有人過問。品菲爾德農莊也傳出虐待動物的恐怖故事，據說菲德列克先生用鞭子打死一匹老馬、餓死乳牛、將一隻狗丟進壁爐裡活活燒死，他晚上喜歡看鬥雞，甚至在鬥雞的爪子上裝刀片，讓他們互相殘殺。聽見同胞遭遇了這麼多不公不義的事，動物們不禁同仇敵愾，嚷著要集體發動攻勢，攻下品菲爾德農莊，趕跑人類、釋放動物。但史奎勒好言相勸，要大家切勿感情用事，並相信拿破崙同志的策略。

儘管如此，動物們對菲德列克先生的仇恨不降反升。一個週日早晨，拿破崙現身穀倉，他解釋自己從沒想過把木材賣給菲德列克先生，他還說跟這種沒水準的人打交道實在有損品格。被派去煽動抗爭的鴿子也被嚴令規範不得接近法斯伍農莊，也不喊之前的口號「去死吧，人類」，而是「去死吧，菲德列克先生」。仲夏，雪球的另一個詭計暴露了。動物們發現雪球夜裡潛回動物農莊，把野草種子和穀物種子摻在一起，讓小麥田長滿了雜草。知曉內情的公鵝向史奎勒俯首認罪，說完自白立刻吞下致命的龍葵果自盡。動物們這才知道雪球從未得到「動物英雄・一等榮譽」勳章的殊榮（但不少動物依然深信不疑），這只是牛棚戰役後雪球散布的謠言，其實他並沒有榮譽加身，反而因戰爭時的懦弱表現而受到譴責。聽到這個說法時，有些動物跟之前一樣困惑，可是史奎勒硬是說服他們，是他們一直都記錯了。

作物收成與建造風車幾乎是同時進行，在動物的努力之下，風車總算在秋季時完工。他們還需要裝置機械，這部分交由威姆普先生購買，但風車的整體架構總算完成。過程遭逢重重難關，動物們不僅欠缺經驗，還只有原始器具可以使用，而且運氣不好，又遭到雪球背叛，儘管如此，風車工程還是在指定期限內完成！動物們雖然筋疲力竭，他們還是無比自豪地繞著他們的傑作欣賞。在他們眼裡，這座風車比前一座還要漂亮，而且牆壁厚度足足是之前的兩倍，現在只有爆炸裝置能夠摧毀它！動物們不曾忘記之前的辛苦，以及讓他們沮喪的困境，但一想到風車開始轉動、發電機開始運作之後，他們的生活就會變得輕鬆許多，疲憊便一掃而空。他們欣喜若狂地繞著風車跳躍，發出勝利的吶喊。在大狗和小公雞的隨扈下，拿破崙前往查看完工的風車，他祝賀動物們達成任務，並將風車取名為拿破崙風車。

兩天後，動物們被召集到穀倉，參加臨時的特殊會議。拿破崙宣布那批木材將賣給菲德列克先生，明天馬車就會來運走木材。聞言，動物們錯愕不已。原來拿破崙這陣子表面上和皮爾金頓先生維持友好關係，私下卻跟菲德列克先生達成祕密協議。

動物農莊和法斯伍農莊斷絕所有關係，並向皮爾金頓先生發出羞辱性訊息。鴿子不能再去品菲爾德農莊，口號也從「去死吧，菲德列克先生」改成「去死吧，皮爾金頓先生」。同時拿破崙向所有動物保證，所有針對品菲爾德農莊的攻擊都是子虛烏有，菲德列克先生虐待動物的說法也誇大不實，這些恐怕是雪球和間諜刻意散播的假消息。據說雪球並非躲在品菲爾德農莊，他其實從沒去過那裡，反而在法斯伍農莊過著養尊處優的日子，由皮爾金頓先生豢養。

拿破崙的狡猾計策讓豬大為振奮，他表面上假裝和皮爾金頓先生交好，藉此逼迫菲德列克先生提高出價，整整多了十二鎊。史奎勒說拿破崙精明強悍，不相信任何人，就連菲德列克先生也不例外。菲德列克先生想要拿一個叫「支票」的東西來支付款項，但支票好像只是「承諾付款」的紙張證明。拿破崙可沒那麼好騙，他要求菲德列克先生支付五英鎊的現金，先付款後交貨。有了這筆錢，農莊就可以採買風車所需的機械。

菲德列克先生的人飛快地運走木材。一撤離，豬隻又在穀倉召開臨時集會，要動物一起檢查菲德列克先生給的鈔票。拿破崙配戴兩面勳章，躺在平台的稻草堆裡，露出幸福洋溢的微笑。鈔票整整齊齊地堆在他身旁，就放在從農舍廚房拿來的瓷盤上。動物們列隊緩緩經過，他們上下打量鈔票，拳擊手伸出鼻子嗅了嗅鈔票，鼻息把白花花的紙鈔吹得窸窣作響。

三天後，農莊鬧得沸沸揚揚。威姆普先生臉色慘白，瘋狂踩著單車衝上農莊小徑，接著匆忙在後院丟下單車，一股腦兒衝進農舍。下一刻，拿破崙的房間傳出震耳欲聾的怒吼。出事了！消息猶如野火，在穀倉間迅速流竄：鈔票是假的！菲德列克先生沒付出一毛錢，就將木材騙到手裡！

拿破崙即刻召集動物，以震怒的聲音宣判菲德列克先生死刑，他說一逮到菲德列克，就要用熱水活活燙死他。拿破崙同時警告動物們，之後最可怕的事可能到來，菲德列克先生隨時可能帶著手下展開策劃已久的攻擊行動。農莊各個通道已經部署了哨兵，同時也派四隻鴿子前往法斯伍農莊釋出善意，希望能和皮爾金頓先生重修舊好。

隔天一早，外人攻擊了動物農莊。動物們早餐才吃到一半，哨兵突然衝進來，通知他們菲德列克先生一行人已經闖了進來。動物無畏地正面迎戰，英勇抗敵，可惜這次的戰爭不如牛棚戰役時輕鬆。菲德列克先生一行十五人，他們帶了六支槍械，在不到四百五十公尺的距離掃射。動物們無法應付恐怖的槍響及尖銳的霰彈，無論拿破崙和拳擊手怎麼鼓舞士氣，他們還是立即撤退。這時不少動物已經負傷，他們躲進農莊，小心翼翼從縫隙中觀察外面的情況。大牧場和風車落入了敵人手中，就連拿破崙都有些不知所措，他一語不發地來回踱步，甩動僵硬的尾巴，若有所思地盯著法斯伍農莊的方向。要是皮爾金頓先生和工人出手相助，今天他們還有勝利的機會。就在這時，昨天被派去放消息的四隻鴿子回來了，其中一隻叼著皮爾金頓先生的手寫字條，上面用鉛筆寫著「罪有應得」。

這時，菲德列克先生一行人停在風車周圍。動物們仔細觀察人類的一舉一動，不時發出絕望的低沉哀嚎。兩個男人不知從何處拿出鐵撬和大錘，準備敲毀風車。

「不可能！」拿破崙呼喊：「我們的牆非常厚，用一週的時間都不可能摧毀，他們根本是在做夢。我們要有信心啊，同志們！」

班傑明專心觀察這兩個男人的行動，他們在風車底端鑿洞，班傑明臉上露出興致盎然的神情，緩緩點了下他的長鼻子。

「果然如此。」他說：「你看見他們在做什麼嗎？等等他們就會在洞內填塞爆破用彈藥。」

動物們現在根本不可能冒險衝出農倉，只能忐忑不安地等待。幾分鐘後，他們看見男人往四面八方散開，接著便傳來震耳欲聾的炸裂聲。鴿子慌亂地飛上天空，除了拿破崙，所有動物掩面趴在地上。等他們爬起來，風車的位置凝滯了一大團煙霧，被微風輕輕吹散後，風車卻消失無蹤！

見識到人類惡劣卑鄙的招數，動物氣得忘記前一刻的恐懼和絕望，勇氣又湧回心頭。意圖報復的動物們咆哮著，不等下一步指令，他們成群結隊衝出農倉，直直攻向敵人。這一次，他們對冰雹般掃過頭頂的恐怖子彈視而不見，雙方陷入野蠻血腥的苦戰。人類接二連三地開火，動物一旦靠近，人們便揮舞棍棒，用沉重靴子踢動物。一隻乳牛、三隻綿羊和兩隻鵝不幸戰死，幾乎所有動物都受傷了，就連站在後方指揮的拿破崙也被波及，尾巴尖端被一顆子彈劃傷。人類也並非毫髮無傷，其中三人被拳擊手的馬蹄踢得頭破血流，一人則是被牛角刺傷腹部，還有一人的長褲差點被潔西和藍鈴咬破。拿破崙指揮他的左右護法，要那九隻狗在樹籬的掩護下繞道前進，趁人類沒有防備時跑出來狂暴吠叫，嚇得人們魂飛魄散。眼見可能被包圍，菲德列克先生立即下令，要手下在陷入不可挽回的頹勢之前撤退。這些怯懦的敵人為了保住小命，連忙逃之夭夭。動物們一路追逐到田地盡頭，趁他們穿過刺籬時狠狠又踹了幾腳。

動物贏了，卻也筋疲力竭、頭破血流。他們跛著腳，慢慢走回農莊，看見橫屍在地的同志們，有些動物再也忍不住淚水，對著戰友痛哭失聲。他們心痛欲絕地站在風車原本的位置默哀。沒錯，多年來的心血付之一炬，幾乎不見最後一點痕跡！就連部分地基都遭到摧毀。就算想要重建風車，也無法像上次一樣使用塌落的石頭，因為炸藥的威力強大，石頭被炸個精光，硬生生被拋飛了幾公里。風車就這麼不見了，彷彿它從來不存在。

動物們走回農莊時，整場戰役都莫名失蹤的史奎勒蹦蹦跳跳上前，搖晃著尾巴，臉上堆著滿意的笑容。動物們聽見農倉傳出嚴肅莊重的槍響。

「為什麼鳴槍？」拳擊手問。

「當然是為了慶祝我們的勝利啊！」史奎勒嚷嚷。

「什麼勝利？」拳擊手反問。他的膝蓋冒出汩汩鮮血，他痛失一只馬蹄鐵，馬蹄裂開，後腿上還鑲嵌著十二顆霰彈。

「同志，你不知道是什麼勝利？我們不是剛把敵人從動物農莊的神聖領土上趕走嗎？」

「可是他們摧毀了風車。為了蓋風車，我們可是辛苦了兩年啊！」

「那又如何？風車可以再蓋，想要的話，蓋六座都不成問題。同志，你沒意識到我們的成就多麼偉大。敵人原本占領了我們現在站的土地上，可是多虧拿破崙同志指導有方，我們又完完整整奪回現在這塊土地了！」

「我們奪回原本便屬於我們的東西。」拳擊手說。

「這不就是我們的勝利嗎？」史奎勒說。

動物跛著腳走進後院。拳擊手大腿的皮膚下鑲嵌著霰彈，疼痛不堪。他已經想像到未來從頭開始重建風車的辛苦，以及他會如何咬牙完成工程。拳擊手驀然驚覺自己已經十一歲，他的肌肉可能不如之前壯碩了。

但動物看見了綠旗飄揚，聽見了七聲槍響，拿破崙也發表演說，恭喜大家打了勝仗，他們覺得自己似乎真的獲得空前勝利。動物也為戰死的動物舉行肅穆莊嚴的喪禮，拿破崙走在出殯隊伍的最前面，拳擊手和克羅芙拖曳臨時充當靈車的貨運馬車。動物農莊慶祝了整整兩天，動物引吭高歌、發表演說、鳴槍致敬，每隻動物都特別獲頒一顆蘋果，每隻鳥得到六十公克的穀物，每隻狗得到三塊餅乾。他們將這場戰役命名為風車戰役，拿破崙創造了新的獎章「綠旗」勳章，並將勳章頒給自己。狂歡作樂之中，大家也逐漸忘記收到假鈔的悲傷。

幾天過後，豬群在農舍酒窖發現了一箱威士忌，當初占領農莊時大家根本沒注意到這些酒。當晚，農舍傳出嘹亮歌聲，動物們錯愕發現其中居然夾雜著《英格蘭之獸》的旋律。晚間九點半左右，一些動物清楚看見拿破崙戴著瓊斯先生的老圓頂硬禮帽鑽出後門，在後院猛力衝刺了一圈後跑回屋內。翌日早晨，深沉靜謐的空氣瀰漫在農舍裡，豬隻全無動靜。將近九點，史奎勒才步出農舍，他的行動緩慢消極、目光呆滯，尾巴慵懶無神地垂在身後，怎麼看都病懨懨的。他召集所有動物，告知大家一個壞消息：拿破崙同志快死了！

聞言，動物們悲痛地哀嘆，他們在農舍外鋪稻草，走路時不敢發出任何聲音。他們眼眶含淚，不知所措地交頭接耳，要是他們的領袖離開了人世，該如何是好？謠言開始散布，據說雪球在拿破崙的食物裡投毒，導致拿破崙身陷危險。十一點鐘，史奎勒再度步出農舍，宣布另一則消息：拿破崙同志鄭重頒布了他在世的最後一項法令：飲酒者將處以死刑。

然而當晚，拿破崙似乎漸有起色，隔天上午史奎勒通知大家，拿破崙正慢慢康復，那天晚上拿破崙回到了工作崗位。據說次日他便指示威姆普先生前往威靈頓，採買關於酒類蒸餾與釀造的手冊。一週後，拿破崙下令將果園後方的小牧場拿來耕作，那塊地本來是預留給退休動物吃草的地方，現在他卻突然改口，聲稱這片草地長不出草，需要再次播種。但後來動物們很快就發現，其實拿破崙準備在這裡種植大麥。

就在此刻，農莊內發生了令人費解的怪事。深夜十二點左右，後院發出一聲驚人的巨響，動物們紛紛衝出隔欄查看。在朦朧的月色中，他們看見大穀倉盡頭的牆角有一把斷成兩截的梯子，就在七誡的下方。史奎勒在梯子旁跌得四腳朝天，他手邊還有一個燈籠、一支油漆刷，和一桶打翻的白漆。狗迅速圍住史奎勒，等他站起來便立刻送回農舍。動物實在想不透方才發生什麼事，只有老班傑明了然地頷首，點了點鼻子，他雖然心裡有數，卻不願透露半句。

幾天後，莫里爾獨自讀著七誡，他發現動物又記錯其中一誡的內容。他們以為第五誡是「動物不應飲酒」，殊不知他們又漏了兩個字，正確內容是「動物不應飲酒過量」。

第九章

拳擊手馬蹄上的撕裂傷許久都沒好轉。動物們慶祝完勝利後，隔日開始重建風車。拳擊手不肯休養，為了面子，他絕不會哀嚎或表現出疼痛的樣子，只會夜裡私下找上克羅芙，向她坦承馬蹄的疼痛讓他深深困擾。克羅芙為他咀嚼草本植物並製成膏藥，敷在拳擊手的傷處，她和班傑明都苦苦勸他不要那麼賣力地工作，她說：「即使是馬，也會慢慢變得衰弱。」可是拳擊手壓根聽不進去，他說他這輩子只剩下一個願望，那就是趁退休前親眼見證風車順利地運作。

當初動物農莊擬定法律時，馬和豬的既定退休年齡是十二歲，乳牛是十四歲，狗是九歲，綿羊是七歲，母雞和鵝則是五歲。大家亦制定了豐厚的退休金，但目前卻沒有任何退休動物領受退休金，這也是最近許多動物之間的熱門話題。果園後方的那一小塊地目前被當作種植大麥的備用農地，所以聽說退休動物的放牧地改成牧場的某個角落。他們還聽說馬每天的退休俸是五磅穀物，冬天則是十五磅乾草，國定假日還會收到一根胡蘿蔔，或是一顆蘋果。明年夏末，拳擊手即將年滿十二歲。

與此同時，動物們的生活依舊艱辛今年冬季跟去年一樣冷，糧食比去年來得更加匱乏，除了豬和狗，動物們的糧食都減少了。史奎勒解釋，如果墨守成規，平等地分配糧食，會違反動物主義的原則。無論表面看起來如何，史奎勒總能輕易地向動物們證實農莊並未面臨食物短缺的窘境，只是需要調整糧食配給（史奎勒總是稱之為「調整」，而不是「減量」）。但相較於瓊斯年代，現在的日子已經好多了。史奎勒語速極快，尖聲念出一長串數字，以詳細的數據證明燕麥、乾草和蕪菁的產量都比瓊斯年代多。動物們的工時比過去短，飲用水的水質較優，動物壽命延長，幼獸存活率提高，隔欄內的乾草量增加，也較少跳蚤和蟲害。對於史奎勒的說法，動物們選擇照單全收。其實動物幾乎忘了瓊斯時代的記憶，他們只知道當前的生活困頓艱苦，不時要挨餓受凍，而且一睜眼就要工作。但是他們相信過去的日子肯定更難熬，也樂於接受這套說法。史奎勒更沒忘記補充，當時動物是奴隸，但現在動物是自由身，這就是最大的區別。

現在農莊裡有更多嗷嗷待哺的小生命。秋天時，四隻母豬同時生產，共產下三十一隻小豬。小豬身上有斑紋，拿破崙又是農莊內唯一的種豬，所以不難猜到小豬的生父是誰。農莊宣布，預計不久後將購買磚頭和木材，並在農舍花園蓋一間教室。目前拿破崙在農舍廚房親自為小豬授課，小豬平時在花園運動，但拿破崙禁止他們和其他動物交朋友。差不多這時，他們制定了一項新規定：動物們在路上遇到豬要退開，給他們讓道。此外，週日豬享有特權，可以在尾巴上配戴綠色緞帶。

那一年，農莊的一切還算順遂，但依然缺乏資金。他們得購買蓋教室所需的磚頭、砂石和石灰，還得繼續存錢，準備購買風車的機械裝置。農舍也需要添置燈油和蠟燭，還有拿破崙要吃的糖（他禁止其他豬吃糖，理由是怕他們變胖），以及所有需要替換的日用品，例如工具、鐵釘、繩子、煤炭、鐵絲、廢鐵，和狗餅乾。他們賣出了一綑乾草和一些馬鈴薯，販售雞蛋的約定增加至每週六百顆，所以那年孵化的小雞不夠多，導致農莊裡雞隻數量下降。十二月才調降過配糧，二月又調降了一次。為了節約用油，隔欄內禁用油燈。可是豬卻過得愜意舒適，甚至還變胖了。廚房後方有間小型釀造所，但在瓊斯年代便已廢棄。然而，二月底的某個下午，釀造所飄出一股溫暖濃郁的香氣，讓動物們垂涎三尺。動物們從未聞過這股撲鼻的香味，據說這正是熬煮大麥的味道。他們一邊飢腸轆轆地嗅著空氣裡的香味，一邊猜測究竟是誰煮了熱騰騰的麥糊當晚餐，但從始自終，動物們不曾親眼看見這些麥糊。那個週日，農莊公布所有大麥都留給豬，果園後方的田地也已經拿來種植大麥。消息迅速傳播，聽說豬隻每天都能獲得快五百毫升的啤酒，拿破崙本人則擁有超過三公升的啤酒，裝在皇冠德貝的高級湯碗裡給他享用。

生活的確困頓又辛苦，但動物們安慰自己，至少現在活得比過去有尊嚴，所以再辛苦也值得。現在有了更多首歌曲，舉辦了更多場演說和遊行活動，拿破崙下令每週舉行一次自發性的演出，目的是慶祝動物農莊的奮鬥和勝利。動物們會在指定時間離開工作崗位，列隊繞農莊走一圈，隊伍由豬帶頭，後面跟著馬、乳牛、綿羊，和家禽，狗走在行進隊伍兩側，拿破崙的小黑公雞走在最前面。拳擊手和克羅芙合力豎起漆有角與蹄的綠色旗幟，上頭寫著「拿破崙同志萬歲！」。遊行之後，他們會朗讀歌頌拿破崙功德的詩。史奎勒向動物們說明最近糧食產量增加，並詳細列出細項，偶爾會鳴槍慶祝。參與自發性演出的動物中，綿羊最無怨無悔，要是膽敢抱怨（有些動物偶爾會趁狗和豬不在場時抱怨），或是說自發性演出只是站在冷風中浪費時間，綿羊就會大聲喊出「四條腿的好，兩條腿的不好！」來遏止對方。一般而言，動物們還算喜歡這類慶祝活動，畢竟現在他們是自己的主人，不管多辛苦，一切都是為了自己，一想到這裡，他們的內心就舒坦許多。有了歌曲、列隊遊行、史奎勒念出的細項和數字、鳴槍、公雞的啼叫，還有飄揚的旗幟，他們因此對自己的飢餓視而不見，至少偶爾可以當作沒這回事。

四月份，動物農莊宣布組成共和國，因此必須推選總統。由於候選人只有拿破崙一個，他無異議地當選了。同一天，動物們聽說雪球和瓊斯密謀的其他文件被找了出來，雪球原來不如動物想的那麼單純，他不只企圖私下布局、陷害動物們，好讓他們在牛棚戰役時戰敗，甚至戰爭時就站在瓊斯那一方，為虎作倀。事實上，他是人類方的首領，衝鋒陷陣時還呼喊著：「人類萬歲！」至於雪球背上的傷口，好幾隻動物都說是拿破崙咬的，他們可是親眼目睹。

仲夏，消失多年的渡鴉摩西突然回到農莊。他還是老樣子，成天遊手好閒，講那個老掉牙的糖果山故事。他棲息在一截樹樁上，拍動著黑色翅膀，對任何願意聆聽的人絮絮叨叨一小時。他的大喙朝天，神情嚴肅地說：「同志們，只要翻過烏雲，就能看到糖果山。在那裡，我們這些可憐的動物就不用再工作，只需在快樂的國度安享清福！」他甚至說，某次翱翔時他去過糖果山，看見常青的苜蓿田，樹籬上長滿亞麻籽蛋糕和糖塊。許多動物相信這個故事，他們現在的生活非常辛苦，還常常挨餓、做苦力，所以天上一定會有個更美好的世界，這難道不是理所當然的嗎？不過豬對摩西的態度倒是讓動物們霧裡看花，他們譴責摩西，聲明糖果山只是一派胡言，卻又縱容他無所事事地留在農莊，每天還可以喝一四〇毫升的啤酒。

拳擊手馬蹄上的傷口復原後，他更努力地工作。那一年，所有動物像奴隸一樣工作，除了農莊上的日常工作，他們還得重建風車，三月又要蓋小豬上課的教室。歲月很漫長，食物又不足，有時真的很難熬，但拳擊手不曾退縮。雖然拳擊手不說，動物們卻看出他的體力大不如前，他的外貌也出現了細微變化：皮毛不如以往光滑，後腿的肌肉似乎縮小了。動物們說：「等到春天，拳擊手又會回到巔峰時期的狀態。」但到了春天，拳擊手並沒有恢復以往的結實。他拚命爬上礦場頂端，繃緊肌肉來搬運沉重的巨石，這時似乎只剩下意志力來支撐他向前走。當時，動物發現他的口型好像在念著「我會更努力的」，但他的喉嚨卻發不出半點聲音。克羅芙和班傑明要他好好照顧自己的身體，可是拳擊手把他們的勸告當作耳邊風。十二歲生日快到了，但拳擊手根本不在乎，只要能在退休前製作足夠的石頭，再累都無所謂。某個夏季夜晚，拳擊手當時獨自前往小丘，將石頭搬到風車建地。突然間，他出事的消息傳遍整個農莊，。幾分鐘後，兩隻鴿子帶著消息匆匆趕回來，證實這個傳言是真的：「拳擊手倒下了！他倒在地上，站不起來！」

農莊裡一半的動物旋即衝向小丘，拳擊手就躺在貨運馬車前，奮力伸長脖子，卻抬不起頭。他的眼神呆滯，滿身是汗，嘴角淌著鮮血。克羅芙跪在他身邊。

「拳擊手！」她呼喊：「你還好嗎？」

「我的肺不行了。」拳擊手氣若游絲地說：「不過無所謂，石頭的庫存量已經足夠，就算沒有我，你們也能順利完成風車的重建工程。再說，我最多也只能再工作一個月，其實我一直很期待退休，班傑明年紀也大了，說不定他們會讓我們一起退休，彼此做伴。」

「我們得馬上求救，」克羅芙說：「大家，快去通知史奎勒，跟他說明發生了什麼事！」

其他動物立即衝回農舍通知史奎勒。只有克羅芙和班傑明陪著拳擊手，班傑明不發一語地趴在身邊，他甩著長尾巴，幫拳擊手趕走身上的蒼蠅。十五分鐘後，史奎勒帶著同情和關心的表情抵達現場，他說拿破崙同志已經聽說農莊最忠心的勞動者發生了不幸，並安排拳擊手在威靈頓的醫院接受治療。聽到這則消息，動物實在忐忑不安，除了茉莉和雪球，動物們不曾離開農莊，所以大家不放心將生病的同志交給人類。可是史奎勒輕易地說服了他們，動物們對拳擊手的情況束手無策，與其讓拳擊手留在農莊，威靈頓的獸醫能提供更好的治療。過了約半個鐘頭，拳擊手的情況略見好轉，他吃力地起身，跛著腳走回自己的隔欄，克羅芙和班傑明已經先把稻草鋪在隔欄的地上，讓他好好休息。

接連兩天，拳擊手都待在隔欄，足不出戶。豬送來一大瓶他們從臥室藥櫃翻出來的粉色藥水，餐後克羅芙會餵拳擊手喝藥水，一天兩次。夜裡，她趴在拳擊手的隔欄陪他聊天，班傑明負責幫他趕蒼蠅。拳擊手說他一點都不難過，要是能順利康復，多活三年都不成問題。他期待在牧場角落度過平靜又安詳的退休生活，那將是他一生中第一次清閒的時光，他想認真讀書、充實自我，還說餘生都會致力於學習剩下的二十二個字母。

班傑明和克羅芙只能在收工後陪伴拳擊手。某天中午，一台貨車前來農莊帶走拳擊手，那時豬正在監督動物們拔雜草。草拔到一半，班傑明從農倉飛奔而來，動物們聽見他粗聲咆哮，大家震驚不已，以前班傑明從未如此激動，這可是第一次。「快點，快點啊！」他嘶吼：「你們馬上過來！他們要帶拳擊手離開了！」不等豬的指令，動物立刻拋下手邊工作，衝回農倉。後院停著一輛已經關上門的貨運馬車，由兩匹馬拉著，馬車上寫著文字。駕車的男人神色狡詐，圓頂禮帽壓得很低，看不清他的臉。隔欄裡已經不見拳擊手的身影。

動物們簇擁著貨車。「再見，拳擊手！再見了！」他們喊道。

「蠢蛋！你們這些蠢蛋！」班傑明氣急敗壞地嘶喊著，他憤怒地跳腳，奮力蹬著驢蹄。「蠢蛋！沒看見貨運馬車上的文字嗎？」

聞言，動物們停頓，氣氛瞬間變得凝重。莫里爾開始拼字，但班傑明把他推到一旁，在一片死寂中大聲念出：

「『艾弗瑞德．席蒙斯，經營威靈頓馬匹屠宰場兼製膠廠。獸皮及骨粉販售商，附設狗舍。』你們不懂這是什麼意思嗎？他們要把拳擊手帶去馬匹屠宰場啊！」

動物恐懼地尖叫。此時駕車的男人抽了下鞭子，馬開始奔跑，輕快地拉著貨車前進。動物們衝了上去，聲嘶力竭地呼喊，克羅芙拚命擠到最前面。馬車開始加速，克羅芙的四肢笨重，她奮力想要往前跑，速度卻快不起來。「拳擊手！」她大喊：「拳擊手！拳擊手！拳擊手！」此時，拳擊手彷彿聽見車外的喧囂，從馬車後方的小窗探頭，露出那張白色線條一直延伸到鼻頭的臉。

「拳擊手！」克羅芙大聲呼喊：「拳擊手！下車！快下車！他們要送你去屠宰場！」

動物齊聲大喊：「快下車，拳擊手，下車啊！」這時，貨運馬車加速駛離。動物不知道拳擊手是否聽到了克羅芙說的話，下一刻他的臉消失在窗前，貨運馬車內傳來馬蹄聲，拳擊手似乎試著踹開門，一瞬間他差點把木門踢碎，但力氣早已耗盡，接下來幾分鐘內，馬蹄撞擊的聲音愈來愈弱，慢慢聽不見了。動物絕望地央求兩匹拉車的馬停下腳步。「同志們！同志們！」他們嘶喊：「別送自己的兄弟去受死啊！」可是那兩匹畜牲生性駑鈍，根本不知道發生了什麼事，只是貼緊耳朵、加快腳步。拳擊手的臉再也不曾出現在窗前。這時有動物想到，如果衝過去關上農莊的柵門，便可以阻止他們離開，可惜為時已晚，下一秒貨車便駛出農莊，消失在路上。之後，動物不曾見過拳擊手。

三天後，農莊宣布拳擊手去世的消息。他在醫院接受所有可能的治療與關照，卻仍舊不敵病魔，回天乏術。史奎勒向動物們傳達這則消息，他說拳擊手過世前的幾個鐘頭他正好在場。

「那真是我這輩子見過最感動的場面！」史奎勒抬起豬蹄，抹去一滴眼淚。「我在他的病榻前，陪他走完人生的最後一刻。他最後虛弱得幾乎說不出話，只在我耳邊喃喃，說他此生最大的遺憾就是等不到風車竣工的那一天。『加油，同志們！』他虛弱地說：『以抗爭之名，繼續加油吧。動物農莊萬歲！拿破崙同志萬歲！拿破崙永遠是對的。』諸位同志，這就是他的遺言。」

說到這裡，史奎勒的態度陡變。他沉吟半晌，小眼睛骨碌碌地轉動。他說，拳擊手離開後，聽說農莊裡流傳一個愚蠢又毫無根據的糟糕謠言。有動物發現帶走拳擊手的馬車上寫著「馬匹屠宰場」，就立刻妄下定論，以為拳擊手被送去了馬匹屠宰場。「居然有這麼笨的動物，簡直不敢相信。」史奎勒義憤填膺嚷嚷，他跳來跳去，甩動著豬尾巴。他接著說，動物肯定非常了解敬愛的領袖拿破崙同志以及他的品德，對吧？其實背後的原因非常簡單，那輛貨運馬車原本屬於馬匹屠宰場，後來由獸醫買下，車身上的字樣尚未更換，因此讓動物產生誤會。

動物們聽完解釋之後如釋重負。史奎勒繼續活靈活現地描述拳擊手臨死前的情況，例如他接受的照護多麼周全，還有拿破崙慷慨地支付了醫藥費，毫無半點遲疑。聽到這些話，動物內心最後的懷疑一掃而空，同胞逝世的哀慟也稍稍獲得慰藉，這麼聽起來，至少拳擊手離世時很幸福。

週日集會上，拿破崙親自現身，簡短朗讀一段獻給拳擊手的致詞。他說，雖然無法帶同志的遺骸回農莊安葬，但他下令將農舍花園的月桂枝葉製成大型花圈，獻在拳擊手的墳墓上。此外，豬隻打算幾天後替拳擊手舉辦追思宴。結束談話前，拿破崙以拳擊手生前最愛的格言「我會更努力的」和「拿破崙同志永遠是對的」提醒大家，他說每隻動物都應將這兩句格言謹記於心。

追思宴當天，威靈頓的雜貨商送來一個大木箱。當晚，農舍傳來喧鬧嘈雜的歌聲，緊接著似乎發生了激烈爭執，十一點又是一陣驚天動地的玻璃碎裂聲。直到隔天正午之前，農舍內一片悄然無聲。後來，動物們聽說豬不知從哪裡弄到一筆錢，替自己添購了一箱威士忌。

第十章

四季更迭，歲月如梭。動物的生命短暫，除了克羅芙、班傑明、渡鴉摩西和幾隻豬，其他動物都不記得抗爭前的事情了。

莫里爾過世了，藍鈴、潔西、品切爾也離開了世間。就連瓊斯也死了，在威靈頓另一頭的戒酒中心嚥下最後一口氣。動物早就忘了雪球，至於拳擊手，也只有認識他的幾隻動物還記得。克羅芙現在已是豐腴的老母馬，她的關節僵硬、視線模糊，距離她的退休年齡已過去了兩年。但是根本沒有動物真正退休過，動物也不曾提過那片退休牧場。拿破崙現在是一百五十公斤的成年種豬，史奎勒胖到睜不開眼睛。老班傑明始終沒變，只是口鼻附近長滿白毛，拳擊手離世後，他變得更加陰沉寡言。

農莊裡增加的動物不如前幾年的預期，卻也不少。對許多比較晚出生的動物而言，代代相傳的抗爭故事只是個古老傳說；被買進來的動物則是到了動物農莊後才聽說了抗爭故事。農莊現在多了三匹馬，各個身強體壯、任勞任怨，腦袋卻相當愚鈍，字母最多只學到B，他們把抗爭故事和動物主義照單全收。這三匹馬把克羅芙視為母親，所以很聽她的話，但不知道他們究竟聽懂了多少。

農莊發展繁盛，而且更有組織。他們向皮爾金頓先生購入兩塊田地，拓展領地。風車的重建工程總算完工，農莊現在有了脫穀機和牧草用的升降機，也增加了各式嶄新的建築。威姆普先生買了一輛輕便型雙輪馬車給自己。風車不是用來發電，而是用來研磨穀物，為農莊帶來豐碩的利潤。動物們接著蓋第二座風車，據說一完工就會裝上發電機，但現在動物不再提起雪球的美好願景，也不再夢想著獨立照明的隔欄、冷熱水、每週只有三個工作天。拿破崙譴責這種觀念，他說這與動物主義的精神背道而馳，真正的快樂應建築在勤儉節約之上。

不知為何，農莊雖然看似變得富庶，但除了狗和豬，動物並沒有變得富有。也許一部分的原因是狗和豬太多了，這兩種動物並不是真的好逸惡勞，只是貢獻的方式不太一樣。史奎勒此不疲地解釋，監督和組織農莊的工作總是做不完，他們日理萬機，承擔起智慧不足的動物無法理解的工作，例如豬每天得不辭辛勞地處理「文件」、「報告」、「會議記錄」、「備忘錄」等費解的事務，紙上都是密密麻麻的手寫字，寫完交差後就丟進壁爐燒毀。史奎勒說，他們的工作最重要，攸關農莊的福祉。豬和狗不必參與勞動以及生產工作，但他們的數量非常多，胃口又特別好。

至於其他動物，他們覺得生活跟以前大同小異。冬天寒冷刺骨，夏天蚊蚋肆虐，他們還是挨餓、睡在稻草上、在水池喝水、下田耕作。有時，年長的動物試圖遙想當年，拼湊抗爭前及驅逐瓊斯後不久的模糊記憶，想知道當時的日子是否比現在好過。可惜動物們什麼都記不得了，他們也沒什麼能拿來跟過去比較的東西，只有史奎勒的清單，以及一連串「說明農莊情況日漸好轉」的數字。動物們發現這個問題永遠無解，不管怎樣，他們也沒有思考這種事的閒功夫。只有老班傑明說自己記得漫長人生的點點滴滴，他只知道以前的生活跟現在相同，未來也不可能更好或更壞。他說飢餓、艱苦和失望本來就是生命不變的定律。

然而，動物從未放棄希望，除此之外，他們始終以身為動物農莊的一員而自豪。至今，他們仍是全威靈頓、甚至是全英格蘭唯一由動物經營的農莊。對此，最年輕的動物和從遠方前來加入他們的新朋友都驚嘆不已。聽見致敬的鳴槍聲，看見旗竿頂端飄揚的綠旗時，動物心中充滿不可磨滅的驕傲，言談間也常常提及過往的輝煌事蹟，例如瓊斯被驅逐的過程、編寫七誡，和擊潰入侵人類的偉大戰役。他們不曾放棄以前的美夢，始終相信老少校的預言，總有一天，動物共和國必會成真，英格蘭的青青草原上不再有人類的足跡。即使這個願景無法馬上實現，動物亦無法親眼見證，但他們相信這天一定會來臨。動物偶爾會偷偷哼唱《英格蘭之獸》，其實農莊裡每隻動物都會唱這首歌，但大家不敢高聲歌唱。儘管生活困頓、願望也從未實現，動物們知道他們跟其他農莊的動物不同。他們就算挨餓，也絕不是因為被殘暴專制的人類荼毒；他們就算辛苦，也都是為了自己。沒有動物以雙腳站立，沒有動物稱其他動物為「主人」，所有動物生而平等。

初夏某日，史奎勒把綿羊帶到農莊盡頭一片樺樹蔓生的小荒地。在史奎勒的監督下，綿羊一整天都在吃樹葉；晚上史奎勒獨自回到農舍，由於氣候溫暖，他讓綿羊留在原地。綿羊在那裡待了一週，這段期間動物們都沒見過綿羊，史奎勒每天幾乎都陪在他們身邊，他說是為了找個安靜的地方，教綿羊唱新歌。

綿羊回來不久後，在某個天氣宜人的夜晚，動物剛結束工作，正要回到農倉。這時後院突然傳來驚恐害怕的馬嘶聲，動物震驚地停下腳步，那是克羅芙的叫聲。她再次叫出聲，動物慌張地奔回後院，他們看到了讓克羅芙大吃一驚的畫面。

一隻豬用兩條後腿走路。

沒錯。那隻用兩條後腿走路的豬正是史奎勒，他緩緩地繞著後院走，雖然動作略顯生澀，好像還不能適應用兩條腿撐起全身，但他完美地平衡身體。過了一會兒，一群豬魚貫走出農舍，他們都用兩條後腿站立和走路。某些豬表現得比較好，其中一、兩隻腳步略微不穩，好像需要枴杖，但所有豬都成功繞著後院走了一圈。在一聲狗吠和小黑公雞的尖銳啼叫之後，拿破崙親自現身，他站得威嚴筆挺，一副高高在上的姿態，左右掃了一眼，大狗隨扈在他周遭，又蹦又跳。

拿破崙的豬蹄夾著一條鞭子。

空氣一片死寂。震驚的動物們惶恐地縮成一團，看著豬整齊地排成一列，慢慢地繞著後院走，他們世界好像忽然被顛覆了。消化完最初的驚恐後，儘管畏懼大狗，儘管多年來養成不抱怨、不批評的習慣，但動物們仍出聲抗議。說時遲，那時快，綿羊彷彿接收到信號，咩咩叫了起來——

「四條腿的好，兩條腿的更好！四條腿的好，兩條腿的更好！四條腿的好，兩條腿的更好！」

綿羊毫不停歇地叫了五分鐘，等到安靜下來，動物們失去了抗議的機會，豬早就走回農舍。

班傑明感覺到有動物用鼻子磨蹭他的肩膀，他回頭看到克羅芙，她的眼睛一天比一天更渾沌。她二話不說，直接叼起他的鬃毛，把他帶去大穀倉後方，他們佇立在七誡的牆前，凝望漆了白字的花紋牆面。

「我現在的視力不好，」她最後開口：「年輕時也看不懂牆上那些字，可是我隱約覺得那面牆好像有哪裡不一樣了。班傑明，七誡內容還跟之前一樣嗎？」

班傑明難得破例，為她念出牆上的文字。上面只剩一誡：

所有動物生而平等，但某些動物比其他動物更平等。

隔天工作時，負責監視的豬都用蹄子夾著鞭子，但其他動物不再對此大驚小怪了。發現豬購買收音機、安裝電話、訂閱《約翰公牛》、《趣聞報》、《每日鏡報》等報章雜誌時，動物也司空見慣。目睹拿破崙在農舍花園裡散步時嘴裡叼著菸斗，動物也不覺得突兀。就連豬從瓊斯先生的衣櫃裡找衣服穿，也沒什麼大不了。拿破崙穿了黑色大衣、打獵用馬褲和皮靴，他最鍾愛的母豬穿了瓊斯太太週日常穿的波紋絲綢洋裝。

一週後的某天下午，好幾輛馬車抵達動物農莊，原來是附近的農莊代表團受邀來參觀。豬帶他們巡視農莊，視線所及之處皆讓人類讚嘆不已，尤其是風車。當時動物正在蕪菁田裡拔草，他們埋頭苦幹，視線幾乎不曾離開地面。他們不知道究竟是豬比較嚇人，還是人類比較可怕。

那天夜晚，農舍傳出響亮的笑聲和歌聲，人和豬交談的聲音讓動物突然感到好奇。動物和人類首次平等地面對面相處，這樣會發生什麼事呢？動物們默契十足地溜進農舍花園。

動物們在柵門前停下腳步，猶豫是否要繼續前進，但克羅芙逕直走了進去。他們鬼鬼祟祟走到農舍，長得高的動物從餐廳窗戶看進屋裡，六位農莊主人和六隻職務較高的豬坐在長桌，拿破崙坐在主位，其他豬也舒服地坐在椅子上。一行人剛打完牌，暫時休息，準備接下來的致詞。他們輪流往馬克杯裡倒滿啤酒，沒人注意到窗外好奇的動物。

法斯伍農莊的皮爾金頓先生率先起身，他舉起馬克杯，向在場所有人說明等一下他會請大家舉杯致敬，但在那之前，他覺得自己應該先發表一段致詞。

他說，長久以來的誤解和不信任終於可以劃下句點，在場的人類肯定都感到寬慰。儘管他們並沒有這種想法，但這段期間以來，不少人類對動物農莊的業主抱持異樣想法，說不上是仇視，但至少是擔憂。這裡曾經發生過不幸事件，因此產生了種種誤會，或許有人覺得豬經營的農莊違背了自然法則，可能為街坊帶來麻煩。很多人沒有打聽清楚就妄下定論，認為這種農莊可能放浪不羈、無法無天，因此擔心自己農莊的動物或人類員工會受到負面影響，可是現在這些想法已經蕩然無存。今天，他和友人親自拜訪動物農莊，親眼巡視每一寸土地，他們發現動物農莊不只有最新的農耕技術，紀律和秩序也值得各農莊仿效；他還發現這裡低等動物的工作量更大，吃得卻比其他農莊的動物更少。今天大家確實觀察到許多行為方針，能馬上套用在自家農莊。

最後他要再三強調，動物農莊和附近農莊的關係友好，日後也是如此。豬和人之間沒有也不應有任何利益衝突，畢竟雙方遇到的困境和難處相當類似，無論走到哪裡，勞工問題都是一樣的，不是嗎？說到這裡，皮爾金頓先生顯然要搬出準備已久的俏皮話，他痛苦地憋笑，雙下巴漲成了紫色，才成功說出俏皮話：「如果你們有低等動物要對付，我們也有下層階級要煩惱！」他妙語如珠，逗得人和豬捧腹大笑。皮爾金頓先生再次提及他在動物農莊觀察到的配糧減量、漫長工時，和缺乏勞工福利，並恭喜豬制定了成功的策略。

最後他邀請在座人士起身，在杯子裡斟滿酒水。「各位先生，」皮爾金頓先生說：「各位先生，一起舉杯，祝福動物農莊繁榮昌盛！」

眾人興奮地喝采。拿破崙欣慰地離座，繞過餐桌跟皮爾金頓先生碰杯，喝光杯子裡的啤酒。歡呼聲逐漸散去，拿破崙表示他也有話要說。

拿破崙的演說和往常一樣言簡意賅。他很開心誤會總算解除，長久以來，他合理懷疑某個心懷不軌的敵人刻意散布謠言，為他和他的同僚扣上顛覆分子、革命人士的帽子，還指控他們有意煽動鄰近農莊的動物起義抗爭，這分明是不實的謠言！不論是現在和過去，他們唯一的願望就是跟鄰居和平相處，維持正常的生意往來。最後他補充，他有幸掌管的農莊屬於合作企業，他手裡的地契是由所有豬共同持有。

他說，雖然他不覺得外界還是懷疑動物農莊，但近來他還是改變了農莊的某些慣例，增強外界對他們的信心。從今以後，農莊裡的動物不再遵循一些無腦的傳統，像是稱呼彼此「同志」。另一個來源不明的傳統也很奇怪，每週日上午動物列隊瞻仰某隻釘在花園柱子上的種豬頭骨，目前頭骨已經埋葬，當然這個傳統也會隨之終止。各位訪客可能已經注意到旗竿上飄揚的綠色旗幟，如果看仔細一點，大家也會發現之前的白蹄與白角不見了，從今天起改為素面的綠色旗幟。

拿破崙說，對於皮爾金頓先生精彩友愛的致詞，他只有一個小小的抱怨。皮爾金頓先生從頭到尾都稱他們是「動物農莊」，畢竟拿破崙現在才要正式宣布更名的消息，皮爾金頓先生當然不可能預先得知。拿破崙正式宣布，從現在開始，廢除「動物農莊」的名號被廢除，改名為「曼諾農莊」。他相信，農莊最初的名字會是最適合這裡的選擇。

「各位先生，」拿破崙作了總結：「按照往例，我要敬你們一杯，但這次的祝酒詞不太一樣。各位先生，請斟滿酒杯，跟我一起舉杯，祝福曼諾農莊繁榮昌盛！」

屋內再次傳來喝采，眾人將馬克杯裡的酒一飲而盡。動物看得瞠目結舌，他們似乎發現了一件怪事。豬的臉孔好像有哪裡變了？克羅芙的老花眼掃過每一隻豬，有些是五層下巴，有些是四層，有些是三層，但好像有什麼地方正在改變？屋內的掌聲稀稀落落地停下，眾人重新拿起撲克牌，繼續剛才中斷的遊戲。動物躡手躡腳，悄悄地離開農舍。

走出去不到二十公尺，動物突然停下腳步。農舍傳來一陣喧鬧，他們忍不住衝回去看。沒錯，屋內的人正在激烈地爭吵，有人咆哮、有人拍桌、有人目光猜忌，還有人激動否認。事件爭端似乎是拿破崙和皮爾金頓先生同時丟出黑桃A。

十二道震怒的聲音聽起來不一樣，卻又極其相似。現在豬的面容變化已經不言而喻，屋外的動物們先看看豬，再看看人，又看看豬，然後看看人。動物們已經分不清楚誰是人，誰是豬了。

新聞自由（歐威爾作者序）

《動物農莊》的概念最早於一九三七年成形，但我到了一九四三年底才動筆。即使書稿完成了，出版之路卻是困難重重（儘管現在市場供不應求，只要是書都會大賣）。本書被四間出版社拒絕。只有一間出版社拒絕的理由和意識形態有關，剩下的出版社中，兩間出版社多年來出版反俄羅斯的書籍，另一間沒有鮮明的政治色彩。其實一間出版社本來答應要發行這本書，排定初步計畫後，他們卻突然詢問英國資訊部的意見，資訊部出言警告或強烈勸退這間出版社，要他們別出版這本書。以下文字摘自出版社回覆我的信件：

我先前提到資訊部重要官員對《動物農莊》的意見。我不得不承認，因為他的意見，我確實重新考慮了之前的決定……現在並非出版這本書的理想時間。如果這個寓言廣泛地影射所有獨裁者和專制政權，當然可以順利出版，但我現在明白這個故事根本就在寫蘇聯兩位獨裁者，而且不可套用在別的專制政權上。另外，如果寓言中的領導階級不是豬，也許不會冒犯他人。我覺得豬作為統治階級的設定無疑會冒犯到許多生性敏感的人，尤其是俄羅斯人。

這絕對不是什麼好現象，政府部門本就無權審查書籍（戰爭時期無人反對的安檢又另當別論），畢竟書籍不在官方贊助的範圍內。然而，現在思想自由和言論自由面臨的重大危機，絕非來自資訊部或任何官方機構的直接干預。如果出版社和編輯竭盡所能想要避免出版某個主題的刊物，主因絕對不是害怕被檢舉，而是輿論壓力。在這個國家，知識分子的懦弱是作家或記者都要面對的頭號公敵，而且這個問題尚未被廣泛地討論。

只要有新聞背景的正常人都會承認，在這次戰爭中，官方審查不那麼令人反感，雖然可以預見極權「支配」的情況，我們卻沒有碰過這種問題。媒體確實有些合理的抱怨，不過整體來說，政府表現得不錯，包容少數意見，著實出乎意料。可是在英國，文學作品審查最大的隱憂就是「大家都會自行自我審查」。

官方不需要祭出禁令，不受歡迎的意見可能就已經被噤聲，引來麻煩的事實就已經被隱藏。在國外住過一段時間的人都知道，聳動的新聞通常會登上報紙頭條，但在英國，媒體卻常常對這些新聞視而不見。這不是政府干預的結果，而是媒體界心照不宣的默契。大家都知道報導某件事「不合宜」，從日報就能看出這一點。英國媒體集中於少數富者的手中，這些人往往隱瞞某些重要議題。不透明的審查制度同樣發生於書籍期刊、戲劇、電影和廣播。他們已經備好一套標準說詞，只要是正常人，都會不假思索地接受他們的說詞。其實他們不會禁止別人說出口，他們只是怕如果自己真的說出口，就會變得不合宜。好比維多利亞時期，在女士面前提及長褲是件不合宜的事。要是膽敢挑戰這個說法，會迅速遭到噤聲，速度快得令人不敢置信。如果是不受歡迎的意見，根本無法被聽見，主流媒體或正統學術期刊都是如此。

目前對蘇聯的盲目崇拜非常盛行，這點人盡皆知，幾乎所有人都身體力行。無論是針對蘇聯政權的嚴厲批評，或是揭露蘇聯政權不願公開的事實，這些恐怕都無緣發行。全英國上下齊力奉承結盟國家，這種舉動說也奇怪，和我們國家知識兼容並蓄的背景大相逕庭。就算不能批評蘇聯政府，至少還有批評英國政府的自由。通常不會有人發表對史達林不敬的攻擊，但在書或期刊裡抨擊邱吉爾不會踩到地雷。在為期五年的戰爭*中，兩、三年來英格蘭都在為國家存亡而戰，鼓吹和平與停戰的書籍、小冊子和文章毫無障礙地出版，發行後也不曾招惹非議。只要不危害蘇維埃社會主義共和國聯盟（蘇聯）的名譽，就能好好維繫言論自由的原則。當然英國的禁忌不只有蘇聯，我也應該提出其他的例子來討論，但討好蘇聯的態度最嚴重，畢竟這一切都出於自我審查，沒有任何壓力團體施壓。

英國知識分子大多對俄羅斯卑躬屈膝，一九四一年後繼續為該國宣傳，要不是他們之前也做過同樣的事，只怕會讓人大吃一驚。即使是備受爭議的議題，人們也全盤接納，不僅從不調查俄羅斯觀點，罔顧歷史事實、踐踏知識正統，還一再為俄羅斯宣傳。舉個例子吧，英國廣播公司慶祝紅軍成立二十五週年時完全不提托洛斯基（Leon Trotsky），這好比紀念特拉法加海戰（the battle of Trafalgar）卻不提霍雷肖．納爾遜將軍（Vice Admiral Horatio Nelson），然而此舉居然完全沒有引起英國知識分子的反彈。報導諸多被占領國家的內戰時，英國媒體幾乎一面倒地站在俄羅斯支持的派系那一邊，並且不遺餘力誹謗對手派系，有時為了打壓對手，甚至不惜藏匿物證。其中一個有名的例子就是南斯拉夫軍隊切特尼克支隊的領袖——米哈伊洛維奇上校（Draza Mihailovich）。俄羅斯提攜另一名南斯拉夫人——狄托（Marshal Tito），並指控米哈伊洛維奇與德國勾結，英國媒體居然跟他們一個鼻孔出氣，提出同樣指控，也完全不給米哈伊洛維奇的支持者反駁機會，如果是跟這個說法相互矛盾的事實，他們更會迴避不報導。一九四三年七月，德國懸賞十萬克朗捉拿狄托，同時提出同等賞金來捉拿米哈伊洛維奇。英國媒體在報紙顯眼的版面上刊登德國要捉拿狄托的消息，卻只有一份報紙用小小版面提及米哈伊洛維奇的懸賞公告。那時米哈伊洛維奇與德國勾結的指控仍在流傳。西班牙內戰也發生了極其相似的情況，俄羅斯決心摧毀共和派陣營，英國左翼媒體也加入行列，不僅無情中傷他們，甚至拒絕刊登他們的自辯信件。不只嚴厲批判蘇聯的人會被譴責，有時這類批判甚至無法公開。托洛斯基死前寫了一本史達林傳記，一般人可能以為這本書多少有偏見，但仍會成為暢銷書。一間美國出版社正準備

---

*即第二次世界大戰。

發行這本傳記，甚至印製到一半，大概是寄出贈閱本的時候，蘇聯宣布加入戰爭，於是這本書的出版排程立刻被終止。這本書的存在和查禁明明值得報社大幅報導，但英國媒體對這本書卻是隻字未提。

審查分成兩種，一種是英國文學界知識分子甘之如飴的自我審查，一種是壓力團體偶爾強加的審查行為，兩者的區別至關重要。基於令人詬病的「既得利益」原則，某些主題不能拿出來討論，最知名的例子就是專利藥品爭議。同理，天主教教會在媒體界深具影響力，能壓下不少的批評，所以媒體幾乎從不報導天主教神父的醜聞，但要是英國國教的牧師惹上一身腥（例如斯蒂夫奇教區牧師），就必定會登上頭版。戲劇或電影中很少看到反對天主教的情節，任一個演員，都知道，戲劇或電影如果攻擊、嘲諷天主教教會，可能就會被媒體杯葛，最後成為票房毒藥。但這種情況還算無傷大雅，至少可以理解。為了維護自身利益，任何大型機構都不會反對公開的政治宣傳。我們不期望《工人日報》（Daily Worker）刊登對蘇聯不利的事實，好比我們不期望《天主教先驅報》（Catholic Herald）譴責教宗；不過話說回來，會思考的人早就知道《工人日報》和《天主教先驅報》的立場。真正讓人忐忑不安的是一旦牽涉蘇聯或蘇聯的政策，即使崇尚自由的作家和記者不需承受要造假的壓力，他們也很難提出有建設性的批判，許多情況下，可能連一篇誠實的報導都沒有。史達林的地位不可侵犯，他的某些政策不能認真討論，這規定大概從一九四一年開始流行，但其實早在十年前就已是這種情況，真是令人費解。那段期間，左翼分子對蘇聯政權的批評要經過一番波折才能傳到大家耳裡。雖然市面上有很多反俄文學，但大多數的出發點都比較保守、不符事實、過時，且動機不純。另一方面，支持俄羅斯的政治宣傳不符事實，而且數量龐大，即使理性地探討重要議題也會被抵制。反俄書籍確實可以發行，但發行後卻是死路一條，不是被打入冷宮，就是被高知識媒體曲解，於公於私都警告你「不合宜」。就算說的是事實，但說實話是「不識時務」、助長反動分子的行為。人們護航的藉口不外乎維持國際局勢，或是維繫英俄友好的重要性，但說到底這些都是強詞奪理。英國知識分子效忠蘇聯，在他們眼中，只要對史達林的觀點透露出一絲懷疑，都是一種褻瀆。他們會用不同標準來判斷俄羅斯境內和他國發生的事件，長期反對死刑的人對蘇聯一九三六至三八年間的大清洗鼓掌叫好；印度的饑荒可以刊登，烏克蘭的饑荒消息就得遮遮掩掩。若戰前就已經是這種情況，現在知識界的氛圍也好不到哪裡。

言歸正傳，來講講我的書。大部分英國知識分子的反應很直接：這本書不應該出版。想當然耳，善於詆毀的評論家不會從政治立場出發，而是以文學角度抨擊這本書。他們會說這本書沉悶無趣、愚蠢傻氣，平白浪費紙張，這麼說恐怕也沒錯，但這說法絕不公正。就算一本書再爛，人們也不能說這本書不該出版，畢竟每天報紙上刊登的垃圾數不勝數，也沒人對此發表意見。英國知識分子之所以反對這本書，大多是因為這本書詆毀他們的領導人，（知識分子認為）這會大大阻礙進步。如果是情節相反的故事，即使文學上的明顯謬誤多了十倍，他們也絕對不會有任何意見。近四、五年來，「左書社」出版社（Left Book Club）出版品已經證明，只要寫出他們想要的內容，無論文字如何潦草又沒水準，他們都可以睜一隻眼、閉一隻眼。

這裡牽涉的問題很簡單：就算多麼不受歡迎，甚至愚蠢至極，是不是所有意見都有被聽見的權利？聽到這個問題，大部分的英國知識分子都會下意識回答「有」，但若換一個更具體的問法：「那抨擊史達林說法的意見呢？這種意見有被聽見的權利嗎？」他們的答案通常是「沒有」，畢竟這樣一來他們奉行的正統就會被挑戰，所以言論自由的原則自然被歪曲了。當人們要求言論自由和媒體自由，他們要的不是絕對的自由，只要組織社會尚在，一定程度的審查機制在所難免。但正如波蘭哲學家羅莎·盧森堡（Rosa Luxembourg）所言，自由是「他人的自由」。伏爾泰的名言也傳達了相同的原則：「我不贊成你說的話，但我會誓死捍衛你說話的權利。」知識自由無疑是西方文明最顯著的特質之一，而這個特質代表只要不刻意傷害其他人，每個人都有表達及出版個人主張的權利。直至近代，民主資本主義和西方社會主義都視這項原則為理所當然。正如我先前所說，政府多少還是尊重言論自由。至於平民百姓，他們也許對某些觀點不感興趣，但在還可以忍受的範圍內，也只會懵懂地相信「人人擁有發表個人意見的權利」。可是文學界和科學界的知識分子才是自由真正的守門人，但他們卻愈來愈厭惡理論上及實質上的自由。

自由主義的叛變是當代一大特殊現象。除了馬克思主義中耳熟能詳的主張「中產階級自由只是一種假象」，現在還流傳一個說法：只有極權能捍衛民主。如果熱愛民主，就必須粉碎民主的敵人，不計一切代價。可是話說回來，究竟誰是敵人？除了蓄意公開抨擊民主的人，還有散播謬論教條的人，他們以「客觀」的方式危害民主。換言之，捍衛民主就是要摧毀獨立思想，這個論點被用來合理化俄羅斯的大清洗行動。就連最偏激的親俄人士都不覺得大清洗的被害人真如指控般罪大惡極，但因為被害人抱持異端思想，他們已經「客觀」地傷害蘇聯政體，因此屠殺有理，名譽受損也是罪有應得。左翼媒體蓄意造假，汙衊托洛斯基主義者和西班牙內戰的少數共和派時，他們也用這個論點將連篇的謊話合理化。一九四三年，法西斯主義者莫斯利爵士（Oswald Mosley）遭到釋放時，這套說法又拿來反對申請人身保護令。

這些人不曾想過，他們鼓吹的極權手段未來可能不會拉自己一把，而是回頭反咬一口。法西斯主義者未經審判就直接被判有罪，這種一貫的手法可能不只發生在法西斯主義者身上。先前被封殺的《工人日報》重新發行後不久，我正好到倫敦南部某間勞工學院演講。聽眾清一色是勞動階級和中低階級的知識分子，也就是過去參加「左書社」出版社分部聚會的族群，演講內容稍微涉及媒體自由，最後出乎我的意料，幾個人站起來提問：「講者難道不覺得《工人日報》解禁是個天大的錯誤嗎？」我問聽眾們為何有這種想法，他們指出該報紙的忠誠度有問題，戰爭期間不該如此縱容。結果我反倒為多次誹謗我的《工人日報》說話。可是聽眾們從哪裡獲得這些極權觀點呢？八成是從共產主義者身上學到的吧！寬容和正直深植英國，但這兩項特質並非堅不可摧，甚至必須用心經營才能繼續保有。鼓吹極權教條的行徑會削弱自由人民用來判斷危險的直覺，莫斯利爵士就是很好的例子。一九四〇年，先不論莫斯利爵士的罪刑是否違法，關押莫斯利爵士都是完全合理的，當時我們為了自己的生命而奮鬥，不能縱容任何潛在內奸逍遙法外。為了讓他閉嘴，未經審判就直接判刑。但在一九四三年，這個做法引起公憤。沒錯，要求釋放莫斯利爵士的抗議只是表面功夫，其實大家只是找了個藉口來宣洩其他不滿，但是沒人發現這一點，這其實不是什麼好事。現代社會傾向法西斯主義思維，是否多少歸因於過去十年來「反法西斯主義」和它的不擇手段？

有一點非常重要，目前的俄羅斯狂熱其實只是西方自由風氣低迷的症狀。如果英國資訊部真的插手，堅決反對出版這本書，大部分英國知識分子也不會覺得不妥。當代奉行對蘇聯盲目的忠誠，只要攸關蘇聯利益，他們不只甘願自我審查，甚至不惜竄改歷史。舉個例子吧，俄羅斯革命早期的第一手紀錄《震撼世界的十天》（Ten Days that Shook the World），該書作者約翰．理德（John Reed）辭世時把版權轉讓給英國共產黨，據我所知，這是理德給英國共產黨的遺贈。幾年後，英國共產黨員無所不用其極地破壞該書的原始版本，發行了斷章取義的版本，內容刪除了托洛斯基的部分，並移除列寧寫的序。英國要是還有激進派知識分子，這類偽造的醜事必會曝光，在國內各大文學刊物飽受抨擊，但現在卻幾乎無人抗議。對許多英國知識分子而言，這麼做簡直是天經地義。這類縱容或虛掩不實已經不能簡單地用「英國流行對俄羅斯的仰慕」來說明，但這種特殊潮流可能維持不了太久，我認為等到這本書出版，我對蘇聯政權的觀點可能廣受歡迎。但那又有什麼用？當代標準的轉變不見得會帶來進步，真正的敵人一味附和當代思想的人們，不論是否認同，他們都像留聲機一樣，人云亦云。

關於反對思想自由和言論自由的論調，也就是「自由不能也不應該存在」的論點，對此我再熟悉不過。我只能說，他們無法說服我。過去四百年的人類文明便是吸取自由的養分生根茁壯，這跟現今的論調相悖。過去十年來，我深信目前的俄羅斯是邪惡政體，儘管我們跟蘇聯是戰爭盟友，也希望能打贏這場戰爭，但我還是有權這麼說。如果要提出支持論點的文字，我應該會挑選米爾頓的一行詩句：

以古老自由法則為本。

「古老」二字強調知識自由的根深柢固，如果沒有自由，深具特色的西方文化可能就不存在。然而許多知識分子卻悖離傳統，他們接受的原則是，一本書該出版或查禁、該褒或貶，看的不是它的價值，而是政治上的權宜之計，就算有人不贊成，也只會唯唯諾諾地附和。其中一個例子就是英國反戰主義者，這些人平時暢所欲言，可是當俄羅斯軍國主義的崇拜開始流行，他們反而不敢出言抵制。反戰主義者的論點是所有暴力都很邪惡，不管戰爭發展到哪種階段，他們鼓吹投降，或者至少為了和平而求和。但這些反戰主義者中，又有多少人敢說發動戰爭的紅軍也很邪惡？看來俄羅斯人有權捍衛自我，但我們捍衛自我就是該死的罪行。這樣的矛盾只有一種解釋：怯懦的反戰人士只敢人云亦云，附和大多數知識分子的思想，這些知識分子敬愛的祖國早就不是英國了，是蘇聯。我知道英國知識分子之所以戰戰兢兢、虛掩不實都是有原因的，我不是不知道他們為自己開脫的理由，但他們不該胡說八道，聲稱打擊法西斯主義是為了捍衛自由。如果自由真的有意義，那就是「說出他人不想聽的話」的權利，大部分的人們仍然懵懵懂懂地相信並實踐這個道理。在英國，自由主義者畏懼自由，知識分子污辱知識，但並非所有國家都是這樣。擁戴共和主義的法國不是，今日的美國也不是。為了讓大家正視這一點，我才動筆寫下這篇序言。

我為何寫作

從很小的時候，大概五、六歲，我就知道自己長大後想成為作家。十七到二十四歲時，我曾經放棄這個念頭，但我清楚這有違我的天性，我早晚都會動筆寫作。

我們家有三個小孩，我是家裡的老二，上有一個姊姊、下有一個妹妹，我和她們各差五歲，而且八歲之前我不常見到父親。綜合許多因素，我小時候是個孤單的孩子，很快就變得不討喜，在學校不太受歡迎。我跟其他孤單的小孩一樣，常常編故事，也會和想像中的人物對話。打從一開始，我的文學野心便和孤單、被小看的感覺交織在一起。我知道自己擅長文字，也能勇敢面對不愉快的真相，因此寫作能為我打造專屬的私人世界，讓我報復日常生活中的失敗。儘管如此，我小時候的創作量或認真創作的作品不超過六頁。我的第一首詩創作於四、五歲，由母親幫忙謄寫下來。我已經不記得那首詩了，只知道是關於一隻老虎的故事，那隻老虎擁有「恍若椅子的牙齒」，這個比喻並不差，但我猜那首詩應該抄襲了威廉·布萊克的〈老虎〉。十一歲時，一九一四至一九一八年的戰爭爆發，我寫了一首愛國詩，被刊登在當地報紙上；兩年後，另一首悼念陸軍元帥基奇納（Horatio Herbert Kitchener）的詩也被刊登在報紙上。之後，我偶爾會寫一些饒富喬治時代風格的「自然詩」，但作品拙劣，大多沒寫完。此外，我也寫過一篇失敗透頂的短篇故事。以上是那幾年我認真創作的結果。

儘管如此，那段期間內我仍參與文學活動。首先，我可以不費吹灰之力地完成指定的作業，只是成果不那麼令人滿意。除了學校課業，我也寫社交詩、半喜劇的詩（現在回想起來，我當時完成作品的速度真是驚人。十四歲時，我曾在一週內寫出一整部亞里斯多芬風格的押韻劇本），並協助編輯校內雜誌，一手包辦印刷和手稿。這類不三不四的雜誌很可笑，比現今最廉價的新聞寫作更讓我意興闌珊。儘管如此，十五歲左右的我持續練習創作，我想像了一篇關於自己的連載「故事」，就像是僅存在於個人腦海的日記，我想小孩和青少年八成都有這種習慣。小時候，我幻想自己是刺激歷險故事的主角，比如羅賓漢，但我的「故事」很快成了某種自我耽溺，單調且枯燥地記錄我的見聞與行動，連續好幾分鐘，我的腦海中都是這種內容：「他推開門，走進室內，黃澄澄的陽光穿過紗簾，斜斜灑在茶几上。茶几上有一個半開的火柴盒，就在墨水瓶旁邊。他右手插在口袋裡，緩緩走到窗邊，街上有隻正在追逐枯葉的三色貓。」類似這種。即使在腦中努力搜尋了恰當的詞彙，但我的文字敘述依舊差強人意，像是硬逼出來的東西。我猜這些「故事」肯定反映出不同時期我崇拜的作家以及他們的風格，但現在一回想，我的文字敘述都很瑣碎。

十六歲那年，我突然發現文字的美好，例如語音之間的關聯，好比《失樂園》的詩句——

於是舉步維艱又吃力的彼，
彼舉步維艱又吃力地前進。

現在看來也許沒什麼大不了，當時的我卻會興奮到渾身顫抖，用「彼」取代「他」是意料之外的亮點。我明白文字敘述對自己的重要性，當時的我想要創作，也知道自己想要創作什麼類型的作品。我想要寫很多以悲劇收場的自然主義小說，內容充滿細膩的描繪和吸睛的明喻，還有為了韻律而生的華麗句子。事實上，我的第一部小說《緬甸歲月》就屬於這類作品，我很早就開始構想了，但三十歲才寫完。

我認為認識作者的早年發展後，才能公正地評估他的創作動機，所以提供以上背景資料。年代背景會影響作者選擇創作的題材（至少在現今動盪不安的革命時代絕對如此），但其實在動筆之前，作者早已有了先入為主的心態，這完全無法避免。作家必須控制自己的性情，不能被困在不成熟、一意孤行的階段，這無疑是作家應盡的責任。但如果要他完全排除早年發展的影響，可能會扼殺他的創作動力。先不論維生餬口的需求，我認為散文的創作動機總共有四種。每個作家創作時都有這四種動機，只是每個人的比例都不同，根據所處的時代而定。四大動機分別是：

純粹的自負心。想要展現出自己的天資聰穎、成為眾人討論的焦點、死後名留青史、報復小時候斥責自己的大人……等。如果某作家說這不是他的寫作動機，他絕對在說謊，因為這是寫作時很重要的動機。除了作家，科學家、藝術家、政治家、律師、士兵和成功商人也是如此。簡單來說，這是金字塔頂端的人常有的特性。人們大多不是絕對自私，年過三十後我們通常願意捨棄自我，為他人而活，不然就是被繁重且乏味的工作淹沒。但一些才氣縱橫、任性而為的人卻主張為自己而活，直到生命最後一天，作家就屬於這個類型。我必須坦承，認真的作家基本上比記者更虛榮、自私自利，但不像記者那麼愛錢。

對美學的熱情。觀察外在世界的美，堅持文字的美感和編排。作家從語音效果、優秀散文的縝密，和好故事的節奏中獲得滿足。另外還有想要分享不容錯過的寶貴體驗。對許多作家來說，「對美學的熱情」不算是強烈動機，但就算是編撰手冊或教科書的作者也難免有個人的偏好。他們使用的文字和詞彙或許不實用，或是對印刷體裁、書邊留白等有自己的堅持。所有的書都逃不過美學考量，除了鐵路指南。

歷史的動力。想要看見事情的真相、挖掘本質，並留給後人。

政治目的。「政治」二字的意義廣泛，包括想要推動世界往某個方向前進、改變他人的想法，以及說服人們追求一個不同的社會。同樣地，沒有一本書能完全跳脫政治偏見。至於藝術是否應該和政治扯上關係，這個討論本身就是一種政治態度。

很明顯，以上四大動機可能相互抵觸，不同作者、年代也會有影響。就天性來說（也就是成年後形成的「天性」），我的前三個動機比第四個更強，若生於太平年代，我或許會寫出華麗的詞藻，或純粹記敘性質的書，甚至可能不會察覺自己的政治傾向。我被迫寫過宣傳冊，剛出社會時，我曾經從事不適合自己的工作長達五年（擔任緬印皇家警察），之後經歷了貧困的生活、吃盡苦頭，我因此痛恨威權，也首次認清自己是勞工階級的事實。在緬甸工作時，我認識到帝國主義的本質，但這些經驗還不足以塑造明確的政治取向。接著希特勒崛起、西班牙內戰爆發，但直到一九三五年末，我仍無法堅定地說出自己的政治觀點。我記得當時我寫了一首短詩來抒發個人的兩難：

也許我曾是快樂的牧師，
兩百年前，
宣講永恆的末日審判，
看著胡桃樹茁壯。

唉呀，可是我出生於邪惡年代，

我心繫美好的天堂，
我的唇上鬍髭茂盛，
教士卻是嘴上無毛。

時光依舊美妙，
我們多好取悅，
帶著煩惱睡著，
投入樹木的懷抱。

無知的我們勇於擁抱
如今急欲掩藏的喜悅。
蘋果樹梢上的歐金翅雀
讓我的敵人顫抖。

但女孩的腹部與杏子，
樹蔭下溪水裡的鯉魚，
黎明時逃竄的馬兒鴨子，
全是一場夢。

嚴禁繼續作夢，
我們割捨喜悅，或將其掩埋：
以鉻鋼打造的馬
由肥胖又矮小的男人騎乘。

我是不得翻身的蠕蟲，
無妻無妾的閹人，
在神父和政治委員之中，
我就是艾拉姆*。

政治委員掐指算出我的命運，
收音機在一旁播放著
可神父已承諾一輛奧斯汀七型，
因為道基[**]永遠都願意掏錢。

我夢到自己住在大理石禮堂，
醒來後卻發現這不是夢。
我不該出生在這個年代，
史密斯呢？瓊斯呢？你呢？

---

* 尤金·艾拉姆（Eugene Aram）是十八世紀的文獻學家，因謀殺好友丹尼爾·克拉克遭到定罪，最終判以絞刑。

** 道格拉斯·史都華（Douglas Stewart），倫敦最大的賽馬賭博業者之一，歐威爾在此套用並改編其理念「道基從不欠債（Dougie never owes）」。

西班牙內戰之外，其他發生於一九三六至三七年的事件也帶來決定性的影響，因為在那之後，我完全明白了自己的立場。自一九三六年開始，我認真創作的每一行文字都直接或間接地挑戰了極權主義，或倡導民主社會主義。就我看來，如果是生在我們這個年代，寫作時根本不可能避開這個主題。所有作者都會談到這個主題，不管採用了哪種曖昧隱晦的寫法，差別只在於立場和追隨的方針不一樣。作者愈清楚自己的政治傾向，愈可能在不犧牲美學及知識品格的前提下表達個人的政治立場。

過去十年來，我最大的願望就是把政治文學創作變成藝術，我的創作動機永遠是黨派之爭或不公不義。寫作時，我不會跟自己說：「我要寫出一本藝術作品。」我之所以寫作，是為了揭發某個謊言，讓眾人注意到某件事實或真相，我一開始的考量也是為了抓住讀者的注意力。不過話說回來，如果創作不是美學經驗，我就寫不出書，甚至連雜誌上的長篇文章都寫不出來。如果檢查我的作品，不難發現百分之百的政治宣傳依舊穿插不少政治家認為無關緊要的內容。我無法、也不想完全割捨自小培養的世界觀，只要我還好好地活著，就不會放棄對散文風格的強烈共鳴，我會繼續熱愛大地、明確目標及瑣碎無用的情報，壓抑這方面的自我也不會帶來什麼好處。我要將根深柢固的喜惡融入這個時代強迫我們接受的一連串事件。

這並不簡單。除了會引發建構和語言的問題，還有前所未見的問題——真實性。針對這個難題，容我舉個簡單例子。我的作品中，描寫西班牙內戰的《向加泰隆尼亞致敬》一看就知道是政治文學，但我創作時帶了一些疏離和形式上的講究。我盡量在不違背文學直覺的情況下呈現事實真相，但為了捍衛被指控與佛朗哥將軍合謀的托洛斯基主義者，本書中有一個漫長的章節，內容全是報紙上的摘句。想必一、兩年後，一般讀者都不想讀到這類的章節，因此加入這章節肯定會毀掉整本書。某位我敬重的評論家狠狠教訓了我一頓：「你何必加入那一章？你把好好的一本書降格為新聞寫作。」他說的沒錯，但我也不會因此更改。許多英國人都被蒙在鼓裡，但我發現無辜的人們被迫扛下不實罪名，如果我沒有對此感到憤怒，大概也不會動筆寫這本書。

這個問題會以相同或不同方式再次浮現。關於語言的問題比較微小，探討過程也比較長，我只能說，近年來我的創作不那麼唯美，卻比較精準。不管如何，我發現一旦精通了某種寫作風格，就不再適合用這種風格寫作。《動物農莊》是第一本我有意識地結合政治和藝術的文學作品。我已經七年沒寫過小說了，但我希望之後能盡快創作下一本小說。這本書是一部失敗之作，畢竟每本書都是失敗作，不過我好像知道自己想寫什麼樣的書。

回頭看前面幾頁，我好像把自己的創作動機寫得太公共導向了，但我不想留下這種形象，所以我想再次強調：天底下的作家都愛慕虛榮、自私又懶散，他們的創作動機深藏某種無法解釋的神祕力量。寫書是一段煎熬、痛苦，又讓人筋疲力竭的掙扎，好比疾病發作時的慢性疼痛。要不是被不可抵抗或不可理解的惡魔控制，沒人會想踏上這條路，那個惡魔就是一個直覺，等於嬰兒為了尋求關注而嚎啕大哭的本能。除非不斷努力地磨去自我，否則絕對寫不出值得一讀的作品，這是不爭的事實。優秀的散文就像窗戶玻璃，我無法斬釘截鐵地說出我的作品中什麼動機最為強烈，但我知道哪個動機值得追求。回顧我的作品，我發現只要欠缺政治性目的，我的創作就了無生氣，往往流於華麗的辭藻、無意義的句子和裝飾性的形容詞，基本上就是一道謊言。